共和国故事

人民之声

——中央人民广播电台成立

陈秀伶 编写

吉林出版集团股份有限公司

图书在版编目（CIP）数据

人民之声：中央人民广播电台成立/陈秀伶编. —

长春：吉林出版集团股份有限公司，2009.12

（共和国故事）

ISBN 978-7-5463-1722-9

Ⅰ．①人… Ⅱ．①陈… Ⅲ．①纪实文学－中国－当代 Ⅳ．①I25

中国版本图书馆 CIP 数据核字（2009）第 237303 号

人民之声——中央人民广播电台成立

RENMIN ZHI SHENG   ZHONGYANG RENMIN GUANGBO DIANTAI CHENGLI

编写　陈秀伶

责任编辑　祖航　李娇

出版发行　吉林出版集团股份有限公司

印刷　三河市嵩川印刷有限公司

版次　2010 年 1 月第 1 版　　　　2022 年 1 月第 11 次印刷

开本　710mm×1000mm　1/16　　　印张　8　字数　69 千

书号　ISBN 978-7-5463-1722-9　　　定价　29.80 元

社址　吉林省长春市福祉大路 5788 号

电话　0431－81629968

电子邮箱　tuzi8818@126.com

前　言

　　自 1949 年 10 月 1 日中华人民共和国成立至今,新中国已走过了 60 年的风雨历程。历史是一面镜子,我们可以从多视角、多侧面对其进行解读。然而有一点是可以肯定的,那就是,半个多世纪以来,在中国共产党的领导下,中国的政治、经济、军事、外交、文化、教育、科技、社会、民生等领域,都发生了深刻的变化,中国人民站起来了,中华民族已屹立于世界民族之林。

　　60 年是短暂的,但这 60 年带给中国的却是极不平凡的。60 年的神州大地经历了沧桑巨变。从开国大典到 60 年国庆盛典,从经济战线上的三大战役到经济总量居世界第三位,从对农业、手工业、资本主义工商业的三大改造到社会主义市场经济体制的基本确立,从宜将剩勇追穷寇到建立了强大的国防军,从废除一切不平等条约到独立自主的和平外交政策,从"双百"方针到体制改革后的文化事业欣欣向荣,从扫除文盲到实施科教兴国战略建设新型国家,从翻身解放到实现小康社会,凡此种种,中国人民在每个领域无不留下发展的足迹,写就不朽的诗篇。

　　60 年的时间在历史的长河中可谓沧海一粟。其间究竟发生了些什么,怎样发生的,过程怎样,结果如何,却非人人都清楚知道的。对此,亲身经历者或可鲜活如昨,但对后来者来说却可能只是一个概念，对某段历史的记忆影像或不存在，或是模糊的。基于此，为了让年轻人，特别是青少年永远铭记共和国这段不朽的历史，我们推出了这套《共和国故事》。

《共和国故事》虽为故事，但却与戏说无关，我们不过是想借助通俗、富于感染力的文字记录这段历史。在丛书的谋篇布局上，我们尽量选取各个时代具有代表性或深具普遍意义的若干事件加以叙述，使其能反映共和国发展的全景和脉络。为了使题目的设置不至于因大而空，我们着眼于每一重大历史事件的缘起、过程、结局、时间、地点、人物等，抓住点滴和些许小事，力求通透。

历史是复杂的，事态的发展因素也是多方面的。由于叙述者的视角、文化构成不同，对事件的认知或有不足，但这不会影响我们对整个历史事件的判断和思考，至于它能否清晰地表达出我们编辑这套书的本意，那只能交给读者去评判了。

这套丛书可谓是一部书写红色记忆的读物，它对于了解共和国的历史、中国共产党的英明领导和中国人民的伟大实践都是不可或缺的。同时，这套丛书又是一套普及性读物，既针对重点阅读人群，也适宜在全民中推广。相信它必将在我国开展的全民阅读活动中发挥大的作用，成为装备中小学图书馆、农家书屋、社区书屋、机关及企事业单位职工图书室、连队图书室等的重点选择对象。

编　者
2010 年 1 月

一、建台之前

二、建台之后

三、创建节目

一、 建台之前

● 毛泽东庄严宣告："中华人民共和国中央人民政府今天成立了。"

● 林伯渠宣布："奏国歌，请毛主席升国旗。"

● 周恩来说："广播大楼建成了，比起延安窑洞来条件好多了，你们一定要用延安精神做好工作。"

准备实况传播开国大典

1949 年 10 月 1 日的清晨，在微露的霞光中，天安门渐渐显现出了金黄色的琉璃瓦顶盖，与金色的朝阳交相辉映，显得熠熠闪烁，辉煌无比。

在天安门城楼的内檐上，悬挂着巨幅标语，上面写着：

中华人民共和国中央人民政府成立典礼

天安门城楼正中央即中门的上方，挂着毛泽东的巨幅画像，两侧宫墙上镶着两幅标语：

中华人民共和国万岁

中央人民政府万岁

此时，古都北京传出阵阵欢庆的锣鼓声，将要在天安门广场举行中华人民共和国的开国典礼，中华民族的历史将在这一刻翻开崭新的一页。

这是人民广播的历史上，第一次大规模的全国性的实况广播。新中国建立的喜讯将通过电波，传向全中国、全世界。

北京新华广播电台要做实况广播，同时各地人民广播电台也将转播开国庆典。

早在一个多月前，中央广播事业管理处就制订了计划，在编辑、采访、播音、技术、行政等各个方面，做了详尽的准备。大家决心，一定要搞好开国大典的实况广播。

记者胡若木、高而公、杨兆麟等，事先到郊外采访阅兵式和分列式的演习，并且到参加游行的各机关、团体、学校、工厂、农村去了解情况，由杨兆麟执笔起草实况广播稿，然后在编辑部反复地讨论和修改。

丁一岚和齐越将在天安门城楼上，担任实况广播员，因而他们也尽可能地去熟悉庆典的准备情况，参加讨论稿件，领会稿件的精神。

主席台设在天安门城楼上。要使整个天安门广场都能听清楚台上的声音，并传播到全国，这在当时的北京新华广播电台的技术装备条件下是做不到的。

于是，由创建陕北台时的技术人员傅英豪设计，制作了几部新型的扩音机，每一部都是把 9 只喇叭并在一起，装在一块木板上，加大了扩音量，把它们安放在广场的不同位置上。这个问题才得以解决。

但是，技术上还有一个大难题，朱德总司令阅兵的时候，要乘检阅车从广场中央驶向东长安街，然后再返回广场。

在广场以内的音响问题已经解决，但是，检阅车一开出广场，那边的音响就无法传回设在天安门城楼下面的机房了。

工程师黄云想出了一个办法，在检阅车的风挡玻璃板上安装一只话筒，在车的尾部安装一个小喇叭，同时在记者和技术员的采访车上，装备一部钢丝录音机，尾随检阅车录音。

由于要在检阅车上安装机器，采访车还要尾随其后，事关重大，要报请阅兵指挥部批准。

杨兆麟他们向指挥部说明情况，指挥部认为让全国人民听到阅兵的情况非常重要，于是就批准了这个方案。

在西郊飞机场演习时，杨兆麟和黄云乘坐采访车，紧跟着检阅车，朱德总司令向受阅部队高呼："同志们辛苦了！"

战士们齐声回答："为人民服务！"

这些呼应的声音都录了下来。

由于车速和时间都有严格规定，录音的长短同样经过了精确计算，准备到 10 月 1 日按照程序播放。

在演习结束时，朱德询问杨兆麟他们录音工作的情况。由于这是第一次在天安门城楼和广场上进行实况广播，任何人都没有经验，朱德担心他在城楼上宣读中国人民解放军总部命令的时候，技术上会不会出现问题。

所以，朱德要杨兆麟他们到他的住处去，事前为朱德录音，以保证安全播出。

虽然知道天安门城楼上的播出不会有问题，可是，看到总司令如此的认真、谨慎，杨兆麟他们还是在朱德总司令指定的时间，前往中南海为他录了音。

朱德总司令操着浓重的四川口音，铿锵有力地把命令读了一遍。

这个录音虽然当天并没有使用，但却成为一件珍贵的史料。

经过一个多月的紧张工作，一切准备就绪。

10月1日早晨，北京新华广播电台播出预告：

> 北京新华广播电台及全国各地人民广播电台，决定转播今天下午3点钟举行的中华人民共和国中央人民政府成立庆祝大会实况。

喜讯立即传遍了全国。

10月1日14时，全体参加实况广播的工作人员在天安门城楼上下各就各位。

中央广播事业管理处决定由梅益在现场主持城楼上下的全部工作。李伍和李志海负责城楼上的技术设施，特别要照看主席台的话筒和播音话筒的安全。黄云和傅英豪负责机房和广场的音响设备。

播音的话筒原来竖立在城楼走廊的最西端，可是，参加观礼的人很多，一直排到了走廊的东西两端，工作人员只好把播音话筒移到城楼西侧的平台上。

站在话筒前面工作的是胡若木、丁一岚、齐越和杨兆麟四个人。

这一天，晴空万里，阳光灿烂。俯瞰广场，受阅部队全体肃立，广场的南部站满了各界群众，都在静静地等待着这个庄严的时刻。

播音员现场激情广播

1949 年 10 月 1 日 14 时 55 分，毛泽东、朱德、刘少奇等党和国家领导人，健步走上天安门城楼。

主持庆典筹备工作的周恩来，早已提前来到城楼上，以他一贯的严谨、负责的作风，仔细检查了各项工作，特地过问了实况广播的准备情况。

15 时整，庆典准时开始。

广场上的军乐队以磅礴的气势奏出《东方红》乐曲时，毛泽东走到城楼中央。

齐越立即对话筒充满激情地播出：

各位听众，庆祝中华人民共和国中央人民政府成立典礼就要开始了。现在，毛主席和他的亲密战友朱德、周恩来、刘少奇等同志登上天安门城楼……

中央人民政府秘书长林伯渠宣布大典开始。

毛泽东以洪亮的声音庄严宣告：

中华人民共和国中央人民政府今天成立了。

整个广场，立刻欢声雷动。通过无线电波，毛主席的庄严宣告传播到全国的城市和乡村，并且远达海外。千千万万的人们都聚集在收音机和高音喇叭周围，聆听着首都的声音，热烈庆祝新的历史时刻的到来。

林伯渠继续宣布：

奏国歌，请毛主席升国旗。

毛泽东在主席台上按动了电钮，新中国第一面五星红旗在广场上冉冉升起。军乐队奏起了《义勇军进行曲》。

丁一岚以按捺不住的兴奋心情，满怀激情地向听众介绍广场的情景：

参加大会的30万人都整齐肃立致敬，注视着人民祖国的庄严而美丽的五星红旗徐徐升起。各部队指挥员行举手礼，在队列中间的干部和战士，以及执行勤务的人员都肃然而立。

国旗已经上升到旗杆的顶尖，在人民首都的晴空迎风招展。她象征着中国的历史已经进入一个新的时代，我们的国旗——五星红旗将永远飘扬在人民祖国的大地上。

播音员丁一岚和齐越，认真地交替朗读实况广播稿，把眼前的动人情景，报告给海内外的亿万听众。

胡若木和杨兆麟由于事前进行了采访，撰写了广播稿，详细了解庆典的程序，用手指或者点头示意，告诉他们应该播出哪一段。四个人配合默契，工作进行得十分顺利。

阅兵式开始后，朱德总司令站在检阅车上，阅兵总指挥聂荣臻站在指挥车上，先检阅排列在广场上的部队，然后随即驶向东长安街。

阅兵式开始后，机房里就播放出事前制作好的录音。

等检阅车和指挥车回到广场，恰好准时放完了录音，又接上现场的音响。

据杨兆麟他们事后了解，那一段录音不如现场的音响那么清晰，因为他们事先录音的时候，把检阅车的马达声也录了进来，这在技术上是无法避免的，好在处在兴奋状态中的听众并没有过多地要求和挑剔，也根本不知道那一段播放录音，是广播工作人员所采取的补救措施。

朱德总司令回到城楼上，宣读了命令，号召中国人民解放军全体指战员"将革命进行到底，解放全中国领土"。

接着，各兵种进行分列式，陆续进入天安门广场，通过主席台前。

收音机里传出了齐越高亢激动的声音：

现在，人民海军的队伍最先进入广场……他们走到主席台前，一致向主席台上党和国家的领导人行注目礼。海军士兵们一律戴着白色的海军帽，脑后潇洒地飘动着黑色缎带，蓝白两色的海军服鲜明地映入人们的眼帘，每个战士左肩上背着三八步枪……这是我们第一次看到自己的海军队伍。

接着是步兵、炮兵、装甲兵、坦克兵过来了。铁流滚滚，大地隆隆作响。

齐越一个兵种一个兵种地介绍。美式九〇炮、155毫米自行大榴弹炮，美造坦克、日造坦克，美国装甲汽车，这都是蒋介石这个运输大队长送来的礼品，就连那坦克方队的第一辆上面写着"功臣号"的，也是缴获敌人的。

当装甲部队正在地面缓缓行进时，天空中出现了涂着八一军徽的飞机，三架一队，编队飞过天安门上空。

广场上人群沸腾，帽子飞舞起来了，手帕飞舞起来了，报纸还有其他东西飞舞起来了，欢呼声像海潮一般汹涌澎湃！

这是新中国第一代年轻的空军，其中有新驾机起义的国民党空军军官，也有他们的先行者刘善本。

刘善本是第一个驾机飞往延安的国民党上尉军官，他正是听了陕北新华台广播，才毅然脱离国民党的。

现在，刘善本已是全国政协委员、战斗技术训练副大队长，负责培养新中国的轰炸机和运输机的飞行人员。

此刻，刘善本正飞抵广场上空，接受党和国家领导人及几十万群众的检阅。

在分列式的最后一个方队走出广场以后，整个天安门广场和东西长安街，华灯齐放，光彩夺目。

等候在东长安街和东单一线的群众游行队伍，挥舞着手中的鲜花和彩旗，浩浩荡荡，欢呼着通过天安门广场。

群众队伍的欢呼声如海潮般迭涌：

中华人民共和国万岁！

中央人民政府万岁！

中国共产党万岁！

毛主席万岁！

此时此刻，正阳门外一阵阵轰响，五颜六色的礼花飞向夜空。

按照原定的计划，广播电台在 21 时 25 分宣布了实况广播结束，整个广播持续了 6 个半小时。

本以为胜利完成了广播任务，可是，庆典现场却出现了事前无法预料的情况。聚集在广场南部的群众，高举着鲜花和彩旗，像潮水一般涌到了金水桥边，向天安门城楼上欢呼、雀跃，场景非常热烈。

电台工作人员看到，毛泽东等领导面对热情高涨的群众，似乎不忍马上离去，缓步走向城楼的东端，不断地向群众招手致意。

而后，毛泽东等领导人又转身向西走来，从播音员面前经过，走到了城楼的西端，向这边的群众招手致意之后，才一同走下城楼。

目睹眼前这一生动的场面，杨兆麟他们四个人都束手无策，因为刚刚已经广播了结束语，没办法，只好留下了这个深深的遗憾。

直到庆典结束时，播音员丁一岚和齐越，在麦克风前已站立了7个多小时，但是他们一点儿也不觉得累。

这两位男女声播音员，以无比豪迈的气势和充沛的精力，热情转播了开国大典这一历史时刻的情景，使亿万人真切地感受到，东方破晓了！巨龙醒来了！中华人民共和国从此站起来了！

周恩来关心广播事业

1949 年 10 月 1 日，举行开国大典的这一天，北京新华广播电台的播音员齐越，第一次在周恩来身边工作。

齐越他们的播音岗位在天安门城楼的西侧，正对着登城的楼道。

时间在一分一秒地过去，齐越目不转睛地注视着楼道。临近 15 时，《东方红》乐曲响起，毛泽东主席魁伟的身影终于出现了！

齐越立即向着话筒深情播出：

> 各位听众，庆祝中华人民共和国中央人民政府成立典礼就要开始了。现在，毛主席和他的亲密战友朱德、周恩来、刘少奇等同志登上天安门城楼……

正当齐越播完这段话时，周恩来刚好从转播实况的话筒前走过。周恩来微笑着向齐越点头致意，好像是说：要好好工作，把胜利了的中国人民的声音传播到全世界……

顿时，幸福的暖流，胜利的欢乐，在齐越的心中激荡。一个曾经被国民党反动派通缉的穷学生，如今受到党和人民如此的信任，他的心情怎能平静！

齐越竭力控制住内心的激动，开始广播阅兵典礼和群众游行的实况，把对党、对人民的热爱，倾注在开国大典的播音中。

从此，遇到节日或重大事件，齐越和他的同事们经常在天安门城楼播音。

周恩来常常事先严格检查安全保卫和广播工作的准备情况，嘱咐广播电台的工作人员不要出任何差错、事故。

有一次，周恩来关心地问道："转播要到两点吧？中午饭怎么办？"

负责机务工作的李伍赶紧回答："我们转播完，回去吃。"想不到这句话竟记挂在周总理的心里。

中午时分，服务员受周总理嘱托，给大家送来了一盘点心！

1959 年 9 月，周恩来视察刚刚建成的广播大楼。当时，潘捷和齐越正在广播《全国各地人民广播电台联播》节目。

周恩来站在播音室的玻璃窗外面，一直听他们播完节目。

当潘捷和齐越走出播音室的时候，周恩来和他们一一握手，并微笑着问道："我来看看你们工作，你们是不是紧张了？"

一时间，潘捷和齐越不知道如何回答才好。在一旁的广播局局长梅益赶忙接上去说："看来他们还不太紧张，您看着他们播音，也没出什么差错嘛。"

接着，周恩来语重心长地叮嘱他们说："广播大楼建成了，比起延安窑洞来条件好多了，你们一定要用延安精神做好工作。"

从那时起，周总理的教诲时刻铭记在齐越的心里，他一直用延安精神要求自己，用延安精神建设播音队伍。

每逢重大宣传，周恩来都亲自修改稿件，审听录音。

有一次有重大的宣传任务，正是需要人的时候，齐越却病倒住院了，他心里真是着急万分！

周恩来和其他中央领导同志，在人民大会堂接见新闻、广播工作者的代表。在接见代表时，周恩来发现齐越没有去，便关切地询问起来，并对在场的播音员夏青说："回去告诉你们的领导，去医院看看齐越，了解一下治疗情况怎样？"

第二天，夏青和领导同志向齐越转达周总理的亲切关怀时，齐越好长时间都说不出话来，他的眼眶里早已溢满了感动的泪水。

从此，齐越在工作中始终牢记周恩来的叮嘱：

一定要用延安精神做好工作。

齐越是这样要求自己的，也是这样要求年轻一代的播音员们的。齐越为人民的广播事业培养了许多优秀播音人才，并为此奉献出了自己毕生的精力。

正式定名为北京新华广播电台

1949 年 9 月 21 日至 30 日，在北京召开的政协第一届全体会议上，将通过四个决议案，即关于首都、纪年、国歌、国旗的议案。

北平新华广播电台派出专人，进行现场录音。

9 月 27 日，四个决议由周恩来亲自宣布，并通过了中华人民共和国定都北平，即日起改名为"北京"的决定。

也就在这天，北平新华广播电台改名为北京新华广播电台。北京电台至今还保存着周恩来的这次珍贵录音。

曾在北平新华广播电台任编辑，后来成为中央人民广播电台台长的杨兆麟回忆说：

"会议在怀仁堂召开，录音机摆在幕布后边，录音员看不到主席台上的情况。我坐在主席台的右后角，旁边放着一个小方桌，摆着一部电话机。

"主席台上开始讲话，我就拿起话筒，不用通话，后边的红灯就亮了，这时录音员开始录音，讲话结束后我再拿起话筒，灯一亮就停止录音，这样既保证录音准确无误，又可以节约宝贵的钢丝。"

操作虽然简单，但他深知责任重大，一点儿都不能马虎大意。

就是这台笨重的钢丝录音机，留下了非常宝贵的音响和历史记录。

1954年9月15日，第一届全国人大一次会议选出新的国家领导人。现在虽然过了50多年，人们依然能够通过历史的音响，感受到北京群众欢呼雀跃的场面、人们欢欣鼓舞的激动心情。

当时的录音设备重达20多公斤，抬着这样的录音机到现场采访，工作状况可想而知。

20世纪50年代开始的广播节目形式和内容，都比较简单，这与当时录音设备简陋有很大关系。

后来，编辑记者在研究和追求广播特点上狠下功夫，开始采制录音报道，用现场音响和采访对象的对话，加上记者解说，制作了具有现场感、真实感的节目，使新闻有了更强的感染力。

其中，最有代表性的节目就是广播《一周来的北京》。时任编辑组长的张洙后来回忆说：

当年，《首都生活》节目是北京电台的重点节目。编辑部领导汪小为、章敬，决定每个周末把《首都生活》办成综合性节目，名称叫《一周来的北京》，内容要轻松一些，带响的节目多一些，解说词活泼一些，再穿插一些合适的音乐。这几个"一些"激起了编辑记者的热情。

这个总装合成任务就落到了张洙的头上。

按照大家提供的音响写成解说词，然后领导审稿，播音员备稿，都集中在星期六下午，复制合成在晚上。30分钟的节目总要忙到深夜才能完成。

节目播出后，受到听众和同行的好评，有人撰文称赞说：好像一部纪录影片，给人美的享受。

1956年底，播出的广播《一年来的北京》，就是对《一周来的北京》的一个大检阅。

《一年来的北京》女播音员叫黎明，她后来回忆说：

当时都是直播，一分一秒都不能差，每个节目都是按节目表上的时间准时播出，放唱片前，要在密纹上划个白道作记号，一定要放准，不然，不该放的内容播出去了，就是差错。

做这样时间性强的工作，特别需要有一只表。可那时条件差，个人没有手表，公家也没有给配备闹表。上班看时间，全凭宿舍传达室墙上那个旧挂表，每次上早班怕迟到，一夜起来好几次跑去看表，心里很紧张。

虽然工作条件艰苦，但广播电台的工作人员谁也没觉得苦，能在电台工作，使他们感到无比的幸福！

年轻播音员的成长之路

在 1949 年 3 月下旬，梅益率领陕北新华广播电台的大队伍进了北平城。

孟启予、丁一岚、钱家楣等老播音员，姚琪等青年播音员先后开始了播音工作，康普这些年轻的播音员们，有了更多向老播音员学习的机会，常常仔细揣摩老播音员播送新闻、战报和专稿时不同的语调和表情。

后来，康普她们几个新手也可以播一些比较重要的稿件了。

在解放初期，广播电台的人手不足，分工不细，播音员要兼做许多事情。比如教唱歌就由播音员兼任。

康普担任教唱并自弹钢琴，四五位播音员担任学唱，康普她们教过《东方红》《咱们工人有力量》《团结就是力量》《解放区的天》等比较简单、节拍比较规整的群众歌曲。

以后，华大三部的同学和老师接替了教唱歌的节目，他们教了很多好听的民歌，还有小乐队伴奏，比康普她们兼任时精彩了许多。

原电台留下了一些录音用的蜡片，但是在使用时，大家非常注意节省。

四野文工团来录歌剧《王秀鸾》《刘胡兰》时，都舍不得用许多蜡片来录全剧。

于是，顾湘想了个办法，把主要唱段选出来，再把剧情的发展、场景的变化、人物的心理状况，写成串连稿，顾湘亲自导播。康普念一段稿子，演员就紧接在后面演唱那个段子。连说带唱，一段段直接录到蜡片上。这就是最初的歌剧剪辑。

顾湘要求播稿子时，要随着剧情的变化而注意表情，康普也努力去做。由于大家都很认真，全神贯注地演播，许多次都可以做到一遍就录制合格。

播音员每天还要在候播室监听，在其他人播音时，有什么需要提醒的，就及时地告诉本人，或记录下来一起转达。

在候播室里没事时，可以到别的播音室的机房，从玻璃窗向里面张望，这也是一件很有趣的事。

不少负责同志来电台发表演讲，康普她们就常借这样的机会，一睹他们的风采。

邓颖超来广播电台时，她要看看女播音员，就在广播电台大客厅的椭圆形大桌子旁边，一一询问播音员的姓名、年龄和生活。

邓颖超亲切地说，播音员的工作是很光荣的，要好好地去做。她还说，女同志要做好，为妇女争光！

在第一届政协会议开幕之前，许多知名人士，如李济深、郭沫若等，都到电台来发表广播演讲。

郭沫若是由夫人于立群陪着来的。郭沫若的语音中有南方口音，夫人于立群就为他指点纠正。郭沫若就一次次地重录，直到满意为止。

当时用钢丝带录音机录制讲话节目，钢丝本身有很大的自然杂音，录音效果并不好。但因为它可以消磁后重录，所以不是重要的录音，也不轻易地使用。

在人手不够时，播音员还要帮助接待演员。

有一位盲艺人来录大鼓书，节目负责同志让康普陪他在客厅里坐一坐、说说话，让他放松放松心情，然后送他去播音室录音。

第二次盲艺人来时，还由康普去接待他。他虽然双目失明，但一听声音，就知道曾经接待过他的工作人员来了。

以后，在北京解放一周年的纪念日，由盲艺人口述、别人代笔写成的一篇文章中还讲到，刚解放的时候，到电台来录音，康普同志如何接待他，使他感到艺人在新社会提高了地位。

这件事使康普受到了教育，康普深深地感到，待人接物如能周到妥帖，就会给各方面留下较好的印象。个人的言谈举止，确实关系到广播电台的声誉。

在电台内部，同志关系、上下级关系是很密切的，有意见就直来直去。

多少年来，康普还一直记得那"一张纸的故事"。

一位年轻的同志用一张稿纸写了一个便条，主管总务和后勤的蒋建忠看到后，就把这张稿纸贴在楼道的墙壁上，在旁边加了一个小注：

　　　　目前纸张很缺乏，写便条不应该用新稿纸，
　　而且只用半张大小的纸也就足够了，请大家今
　　后自觉注意节约纸张。

　　这个提醒很及时，方式很坦率，态度也很诚恳。自此以后，很多人都自觉节省纸张。

　　康普从此也养成了一个习惯，除非是要交出去的稿子，才用新稿纸。凡打草稿和写便条，多半是用一面空白的废纸。有时见到半张白纸，也裁下来，留着以后使用。

　　在广播电台，年轻人尊敬老同志，就像对待自己的父辈和兄长；老同志对待年轻人，有如亲人，既严格又关切。

　　康普和刘淮在进北平城不久，患了一种不大严重的皮肤病。于是电台领导李伍就请医生来为她们诊治，医生说需要天天热敷，并涂些药，以免再恶化。

　　西长安街3号院子里没有洗澡的地方。附近只有西单有家澡堂子。于是，李伍让会计每天给康普她们一毛五分钱，让她们去洗澡热敷。

　　康普和刘淮有时不去洗澡，买点吃的东西，转一圈就回来了。

　　李伍知道后，说她们不该馋嘴，就像家里的大人对

做了错事的孩子似的，说两句也就算了。

梅益和李伍不同，他不大管这些杂务琐事，他总是督促年轻人学外语、学业务，从更广阔的角度关心年轻人的成长。

梅益认为康普他们这些干部没有经过什么生活的磨炼，应该下去锻炼。

所以，当西南、西北地区土改时，梅益就为他们作出安排，送刘淮、邵燕祥和康普，去参加土改实践。

多年来，重要的稿件，梅益定要审阅。当时，就连播音员给听众写的回信，都是经过梅益一字一句地修改，逐个标点符号订正后，才誊抄发出的。

正是在李伍和梅益等老一代广播电台工作者的关心和教育下，新一代的工作者才焕发出勃勃生机，有力地推动了人民广播事业的发展。

正式定名为中央人民广播电台

1949 年 12 月 5 日，经中央批准，北京新华广播电台正式定名为中央人民广播电台。

早在 1949 年 6 月 5 日，中央决定将原新华社的口语广播部，扩充为中央广播事业管理处，管理领导全国的广播事业。

北平新华广播电台归广播事业管理处领导，与新华通讯社分开，成为独立的新闻广播机构。

6 月 13 日，广播事业管理处发出通知：

> 从 23 日开始，各地新华广播电台一律转播北平新华广播电台晚上 20 点 30 分到 21 点 30 分的新闻、综合报道、评论、国际时事节目。

这就是后来的《全国各地人民广播电台联播》节目。

在 6 月 20 日晚上，北平新华广播电台播放毛泽东在 6 月 15 日召开的新政协筹备会上的讲话录音。

同时，还播放了周恩来的开幕词和各民主党派负责人的讲话录音。

9 月 21 日下午，北平新华广播电台播放毛泽东在新政协第一次全体会议上的开幕词的录音。

在 9 月 27 日的政协会议上，一致通过把北平改为北京、新中国定都北京的决议。

从当晚起，北平新华广播电台正式改名为北京新华广播电台。

10 月 1 日，在中华人民共和国宣告成立的当天，广播事业管理处改组为中央广播事业局。

北京新华广播电台，归中央广播事业局领导，成为国家的广播电台。

作为我国国家广播电台的中央人民广播电台，技术设备逐步完善，在社会主义革命和社会主义建设中，发挥着鼓舞和教育人民的重要作用。

从新中国成立，到 1956 年的社会主义改造基本完成，中央台大大发展了宣传业务，迅速加强了技术建设，已经初具规模。

在新中国成立后的头三年，我国还处于恢复国民经济时期，这时正逐步实现由新民主主义到社会主义的不断转变。

中央台承担着繁重的国内外的宣传任务，但却面临着不少困难，发射功率小，设备陈旧，收听工具缺乏，工作人员少，而且经验不足。

12 月 5 日，开始用"中央人民广播电台"的名称播音时，只有 1 套节目，每天广播 13 小时。

党和政府在新中国刚刚建立之时，在百废待兴的情况下，十分重视人民广播事业发展。

1950 年 4 月，中央人民政府新闻总署规定了广播宣传的三项任务：

发布新闻、传达政令，社会教育，文化娱乐。

同时，新闻总署还发布了《关于建立广播收音网的决定》。

收音站首先在市县、农村、部队发展起来，接着在工矿、学校、机关逐步建立，使各地基层干部和群众收听中央台的广播有了一定保证。

1956 年 1 月中共中央颁发《全国农业发展纲要》，其中第三十二条规定：

从 1956 年开始，按着各地情况，分别在 7 年或者 12 年内，基本上普及农村广播网。

随后，中央广播事业局确定了农村广播网的建设：

在党的领导下，依靠群众的积极性，充分利用现有设备，因陋就简，分期发展，逐步正规，先到村社，后到院户。

到 1956 年年底，农村有线广播站发展到 1458 个，广播喇叭 50 多万只，覆盖了全国的许多地区。

全国农民听到了广播，听到了党和政府的声音。

全国许多地方相继建立起了收音站和广播站，极大地改善了广大人民群众收听中央电台广播的条件。

二、 建台之后

● 中央领导批示：今晚广播，明日见报。

● 刘少奇强调指出："广播跟人民的思想、人民的生活、人民的需要，有密切的联系。"

● 胡乔木提出："广播要学会自己走路。"

开办《首都报纸摘要》节目

1950 年 4 月 10 日，中央台开办《首都报纸摘要》节目。开办这个节目的目的，是为了扩大新闻来源，以丰富中央台新闻广播的内容。

早在 1950 年 3 月 20 日，中央台在给政务院新闻总署的报告中说：

> 《首都报纸摘要》将要介绍当日首都报纸的言论动态和它的对于重要事件和问题的反映。
>
> 由于首都是全国的政治、文化中心，首都报纸的言论动态必为全国所关心。建立这样的节目，将受到听众的欢迎。

实践证明，中央台当时对这个节目的估计是完全合乎实际的。

《首都报纸摘要》是中央人民广播电台历史最长、影响最大、地位最高的名牌节目，每天固定听众数以亿计，在全国听众和新闻界享有极高的声誉。

在 20 世纪 50 年代初，这个节目安排在傍晚或中午黄金时段播出。

1955 年 4 月 4 日，《首都报纸摘要》更名为《中央报纸摘要》。

1955 年 7 月 4 日更名为《新闻和报纸摘要》，并确定了早晨第一套首播、第二套重播的广播时间，以及播出国内外要闻和中央报纸言论的节目构成模式。

每天早晨，中央台一套节目 6 时 30 分首播，8 时 30 分重播，二套节目 19 时首播。

从 1955 年 7 月起，《新闻和报纸摘要》就一直安排在早晨节目中开播。

《新闻和报纸摘要》节目陪伴人们度过每一个清晨，和着历史的节奏，发布政令，传播信息，引导舆论，代表的是党和政府的声音。节目千锤百炼，形成政治性、权威性、新闻性、广阔性为一体的特色，在中国广播界乃至新闻界，都有着不同寻常的地位。

其实，从中央台成立的第一天起，就设置了新闻节目。中央台所有的 6 套节目中，除了 1 套调频，即文艺节目以外，其他 5 套都设有新闻节目。

新闻节目的播出次数，由 1949 年 12 月 5 日的每天 4 次，发展到 1984 年的每天 8 次。

中央台的新闻广播已经成为全国城乡人民获知新闻的重要来源。

有学者评价：

> 以早新闻晚联播等为代表的传媒的活动，
> 记录了一个民族的脚印，记录了一个时代变迁

的轨迹，影响或塑造了那个时代人们的思想。

中央台的新闻广播在其发展、变化的过程中，逐渐形成了两个具有全国影响的重点新闻节目，就是每天早晨的《新闻报摘》和每天晚间的《全国联播》。

《新闻报摘》节目，不但是中央台新闻节目中最有影响的，而且也是中央台所有节目中，听众最多的。

据北京、浙江、江苏、广东等省、市的抽样调查显示，城乡人民每天获得国内外重要新闻的主要来源是中央台和地方台的广播。

早晨听广播，主要是听《新闻报摘》节目，已经成了亿万干部、群众了解最新信息的生活习惯。

《新闻报摘》是综合性的要闻和评论节目，以全国人民为宣传对象。在30分钟当中，大体上由要闻、言论和报纸版面介绍三部分组成。

要闻大约占整个节目的五分之三，是这个节目的主体，其中国际新闻一般保持在5分钟左右。

本台和各报的言论，大约占整个节目的五分之一。另外五分之一的时间，广播的是首都和地方报纸的重要内容。

这是比较有特色的一个栏目，它向听众提供更多的信息，反映各报的宣传动向，扩大报道面，使《新闻报摘》节目更加活泼和丰富。

《新闻报摘》节目，注意充分选用本台采编的消息和评论。同时，注意选用新华通讯社和各报的新闻，以及比较重要的言论，以《人民日报》的言论为主。

首都其他专业性报纸刊登的有较强新闻价值、有全国意义、有特点的新闻，《新闻报摘》节目也酌情予以选用。

从20世纪50年代到70年代，《新闻报摘》节目介绍的报纸在7家以内。

1951年5月1日创办的《全国联播》节目，是中央台的重点新闻节目。当时称为《全国各地人民广播电台联播》节目，广播时间一直在晚间，整个节目也一直是30分钟。

1955年7月4日，《全国各地人民广播电台联播》节目改名为《各地人民广播电台联播》节目。

多年来，《全国联播》节目形成了一个传统，即党和国家的重要文件、法令、政令，需要及时向全国发布的，都首先在《全国联播》节目中广播。

遇有这种情况，中央领导同志往往这样批示：

今晚广播，明日见报。

"今晚广播"指的是在当晚的《全国联播》节目中播出。

中央台为了办好这个节目，长期以来进行了持续不断的努力，多次提出口号：

全台办《联播》

这个节目和《新闻报摘》节目有所不同，在 20 世纪 50 年代和 60 年代，新闻的来源以用本台消息、本台集体记者的消息和新华社消息为主，并且适当选用一部分地方报纸上刊登的有特点的消息。

从宣传方针、内容和重点来说，《全国联播》节目比较多地体现了本台"自己走路"的方针。

《全国联播》节目是以国内外要闻为主的综合性新闻、评论节目，在以全国人民为对象的前提下，注意为县以下农村基层干部和群众服务。

《全国联播》节目，经常播送本台记者采制的各种录音报道和现场报道、讲话录音等。

《全国联播》节目还设有《听众信箱》《地方电台广播的部分节目》等专栏。

中央台逐步形成的《新闻报摘》和《全国联播》两个重点新闻节目，已经为亿万干部和听众所熟悉，它们的舆论作用，主要表现在以下三个方面：

一、密切配合中心任务，很快促成全国舆论。二、及时报道最新信息，亿万听众最为关注。三、内容真实、具体，容易见到成效。

多年来，这两个重点新闻节目，一直都是密切配合党和国家的中心工作，及时报道党和国家的重大决策，如历次党的全国代表大会、全国人民代表大会和全国政协会议的公报、决议、政策、法令、政令等，很快在全国人民中形成舆论。

此外，希望及时听到最新信息是人们的普遍心理，是关心国内外大事的好风气。

《新闻报摘》和《全国联播》节目，每天播出 5 次，包括 4 次重播，报道国内外的最新信息。这是各级领导干部和亿万听众最为关注的。

中央台的《新闻报摘》和《全国联播》节目，用事实说话，容易为人民群众所接受。人们听到许许多多具体的事实，时间一长，自然而然地受到潜移默化的影响，而容易收到比较好的效果。

广播内容日臻丰富多彩

1952 年 12 月，中央广播事业局在北京召开第一次全国广播工作会议，确定"重点建设，稳步前进"的方针和巩固集体收音网、发展有线广播的方针，并提出了"精办节目"的口号。

会议强调，广播宣传必须动员人民群众，为完成社会主义建设任务而奋斗。

党和政府一方面积极发展全国性的中央人民广播电台，一方面有计划有步骤地在各地区建立了一批地方广播电台。

1955 年，福建省南靖县县城建立有线广播，每晚广播一次，约 1 小时。广播内容主要是转播中央和省人民广播电台的新闻节目，有时也广播县人民政府的通知、通告和宣传材料。

1958 年，有线广播时常播送本县各地的先进人物事迹。从 1963 年起，县广播站每天早晚 3 次，广播总计 3 个多小时。

根据中央关于"做好转播，精办节目"的指示，南靖县广播站每天转播中央人民广播电台与省人民广播电台的新闻节目和对农村广播节目，并且不定期广播本县新闻、县政府的通知通告、天气预报，以及群众喜闻乐听的音乐戏曲。

在中央台建台后的头几年，电台宣传党和人民政府的各项方针、政策，为恢复和发展生产，完成社会改革的任务，开展"三反""五反"等运动，以及配合抗美援朝、保家卫国战争，提高群众的政治和科学文化水平，丰富群众的文娱生活，做了很大努力，在听众中赢得了良好的声誉。

在有效运用广播工具、发挥广播特点方面，中央台做过不少努力。

1951年12月，中央台举办了第一套广播体操节目。

1951年11月24日，公布推行第一套广播体操。这是中华全国体育总会筹备委员会，同中央广播事业局的联合决定，从同年12月1日起，在中央台和各地方台举办《广播体操》节目，并播送专门为这套体操配制的乐曲。

此后，《广播体操》节目作为一个固定的节目，每天播放两次，全国各地的许多机关、厂矿、企业、学校、军队和农村，通过扩音器转播电台的《广播体操》节目，组织本单位的群众做操，锻炼身体。

1954年3月1日，根据周恩来的指示，政务院发出关于在政府机关开展工间操和其他体育运动的通知，规定每天上午和下午工作时间内，各用10分钟做工间操，这就为各机关的干部、职工在工作中间做广播体操给予了时间上的保证，使广播体操在全国各地得到更为广泛的推行。

1954 年 8 月中旬、1957 年 10 月 21 日，中央台又先后开办了第二套和第三套广播体操节目。

这一服务性节目的举办，推动了群众性体育运动的开展，密切了中央台和群众的联系。

1953 年 2 月 14 日，发生日食，中央台邀请科学家和播音员一起，在一座高楼楼顶上对日食过程进行观测，结合科学知识做实况解说，收到了比较好的效果。

1953 年，中共中央公布党在过渡时期的总路线，并且开始实施发展国民经济的第一个五年计划。

根据当时国民经济状况，中央采取了先中央电台，后地方电台，集中人力、物力和财力建设中央电台的建设方针，加快了中央电台的事业建设。

1954 年 11 月，中央广播事业局召开第二次全国广播工作会议。这次会议确定：

在过渡时期，广播的基本任务是，宣传党在过渡时期的总路线和国家建设计划，鼓舞、教育和组织全国人民积极参加社会主义建设和社会主义改造事业，并逐步提高人民的政治觉悟和文化水平。

会议强调要加强"文艺广播"。

中央台贯彻了两次会议的精神和要求。在社会主义改造时期，中央台关于党的总路线等宣传对促进农业、手工业、资本主义工商业的社会主义改造的实现，胜利完成第一个五年计划起到了重要作用。

从 1954 年以后，中央台为全面改进广播工作，在总结多年来宣传业务经验的基础上，学习了苏联的广播工作经验，借鉴有利于提高节目编播和制作质量的一些工作方法和制度，如组织社会力量参加广播活动，设置少儿、文艺广播的专栏，建立文艺广播音响导演制等。

这一时期，中央台在宣传工作和事业建设上加强了计划性，从而得到了稳步而迅速的发展。

1953 年到 1954 年间，中央台举办《过渡时期总路线宣传》节目，系统地、通俗地讲解了总路线的基本内容。

对第一届全国人民代表大会第一次会议、我国第一部宪法、中国共产党第八次全国代表大会、《全国农业发展纲要》等也都做了比较集中的报道，举办了特别节目或专题节目。

1956 年开办了评论性节目《时事讲话》。

为紧密配合党的中心工作和国际形势的发展，加强了新闻性节目。1956 年，每天新闻节目次数从 1949 年的 4 次增加到 15 次。

《时事讲话》节目对过渡时期党的方针、政策和经济建设方面的成就和出现的问题，作出了通俗的讲解和评述。

《国际生活》节目，改为《国际时事》和《国际生活》节目，增加了国际问题的报道量和国际知识的内容。

为了普及马列主义理论的基本知识，加强对干部的理论教育，中央台举办了《哲学》《唯物主义》等讲座和学习党的"八大"文件等节目。

随着我国文艺事业的日益繁荣，中央台的文艺广播从草创阶段进入到发展阶段。

由于对民族、民间音乐和戏曲进行了广泛的采录工作，建立了广播民族乐团、广播说唱团等表演团体，节目来源逐渐扩大，文艺广播的内容日益丰富，音乐、文学、戏剧的欣赏性、知识性、娱乐性等节目不断增加。

1954 年 8 月 15 日，中央台举办对台湾广播，到 1956 年，播音时间从开始时的 4 小时增加到 12 小时。

到 1956 年时，中央台已发展到 5 套节目，每天广播 38 小时。

1956 年 5 月，刘少奇对广播宣传和事业建设做了重要指示。刘少奇强调指出：

> 广播跟人民的思想、人民的生活、人民的需要，有密切的联系。
>
> 应该从多方面和人民建立密切联系。

根据刘少奇的这些指示，中央台的宣传工作做了改进，使节目进一步联系实际，内容和形式力求满足听众的需要。

广播电台丰富的节目内容，最终赢得了广大听众的支持和喜爱。

制定中央台的基本任务

1952 年，中共中央按照毛泽东建议，提出过渡时期的总路线：要在一个相当长的时期内，逐步实现国家的社会主义工业化，并逐步实现国家对农业、手工业和资本主义工商业的社会主义改造。

当时，根据毛泽东提出的过渡时期的总路线，中央台制定了电台的基本任务，即：

> 宣传党在过渡时期的总任务和国家建设计划，鼓舞、教育和组织全国人民积极参加社会主义建设和社会主义改造事业，并逐步提高其政治觉悟和文化水平。

根据上述的基本任务，广播的具体工作是：

一、宣传党和国家过渡时期的总路线以及各种政策和措施；宣传党和工人阶级的领导作用；宣传工农联盟、巩固国防、人民民主专政和各民族的团结。

二、宣传国家建设计划，特别是经济建设中的巨大成就，并根据马列主义加以阐明，给

建台之后

群众指出努力方向；宣传工人阶级和农民群众完成和超额完成生产计划，提高劳动生产率的情况，宣传工人阶级和农民群众的创举，宣传先进人物的先进经验和先进思想。

三、宣传苏联和人民民主国家的建设成就；宣传和平、民主、社会主义阵营力量的强大和团结；宣传被压迫民族和被压迫人民解放斗争的发展和全世界人民保卫和平斗争的胜利。

四、宣传马列主义；宣传有助于摆脱偏见、迷信、宗教影响，并有助于建立科学的唯物主义宇宙观的科学技术知识。

五、宣传为人民所喜爱的，特别是民间的和反映人民新生活，为国家建设服务并以先进思想教育人民的音乐、戏剧和文学作品。

为了完成以上任务，中央台主要采用政治性和文艺性的两种节目形式。

1954 年 11 月，第二次全国广播工作会议参考苏联的广播宣传工作经验，提出我国广播事业在过渡时期的指导方针是：

以中央台为基础、地方台为补充，构成一个宣传整体。

所谓基础和补充，就是地方台应该以多数的时间转播中央台的节目，少数时间播送自己举办的地方性的节目。后来的实践证明，这一指导方针不符合我国的具体情况，一是地方台在当地党委领导下，应该成为党委指导地方工作的得力助手，它在配合当地中心任务方面应该起的作用，是中央台所不能代替的。二是地方台必须有比较多的自办节目，才能满足当地城乡听众的需要。

因此，在第二次全国广播工作会议之后，还是继续执行适合我国国情的原有做法。

比如，地方台联播和转播中央台节目的时间，每天不超过 90 分钟，地方台仍然可以用比较多的时间，面向当地听众，广播他们自办的节目。

1956 年 8 月，第四次全国广播工作会议正式提出，中央台和地方台今后在工作中应该进一步贯彻"紧密配合、互相支援、共同提高"的指导方针，明确肯定了这个来自实践、行之有效的原则。

在 1958 年至 1963 年第二个五年计划实施期间，中央台为自己提出的广播任务是：

一、宣传社会主义建设总路线，宣传各条战线的建设成就和新人新事，鼓干劲，讲道理，讲措施，催人上进。二、普及知识。三、文化娱乐。

同时，提出改进文风，广播稿件要准确、鲜明、生动、形象、有趣、口语化。

中央广播事业局提出在技术事业方面的指导方针是：

大力发展有线广播，积极扩大收听基础，进一步改善对内广播发射网。

1964 年，在北京召开了第八次全国广播工作会议。会议对中央台的新闻性、知识性、文艺性、服务性四类节目和播音工作、听众工作，贯彻"自己走路"的方针和同社会各方面的协作问题，以及业务领导等各项工作，提出了详细的整改方案。

1966 年 4 月，根据第九次全国广播工作会议精神，中央台的基本任务是：

一、保证党中央对中央台的绝对领导。二、加强干部队伍的思想革命化。三、面向农村，办好广播，更好地为 6 亿农民服务。四、确保电台的绝对安全。五、大力培养新生力量。

在一系列办台方针、任务的指导下，中央台的广播内容更加丰富多彩，获得了良好的宣传效果。中央台也取得了长足的发展。

胡乔木指出广播方向

1954 年 7 月，经中共中央宣传部批准，中央台开始建立地方记者网，由各省、自治区、直辖市电台担任中央台的地方记者。

1955 年，地方记者改称集体记者。这一措施，弥补了中央台采访力量的不足，对扩大中央台的新闻和其他稿件的来源，丰富节目内容，起到了积极作用。

早在 20 世纪 50 年代初，时任中共中央宣传部副部长、政务院文化教育委员会秘书长的胡乔木，就提出广播"要学会自己走路"，意思是要根据广播特点，自力更生办广播，不能完全依靠报纸和通讯社的建议。

这一要求，为开展广播宣传工作指出了努力方向，具有重要的意义。

中央台为保证广播新闻的来源，在 1955 年和 1956 年，相继组建了时事政治组和记者组。这两个组以及后来先后成立的驻地方记者站和新闻中心的记者，采写了大量的中央台消息。

例如，时政记者所采写的党和国家的重大政治活动，以及党和国家领导人的重要国务活动的大量新闻，对于充实中央台新闻来源、发挥广播时效快等方面，有着显著的成效。

除了党和国家发布的新闻、政令和中央台自采的新闻以外，其他新闻来源由新华社、首都报纸、地方广播电台、地方报纸和群众来稿提供。

《新闻报摘》节目中的报纸摘要，一直以中共中央机关报《人民日报》为主。

20 世纪 50 年代的《新闻报摘》节目，除介绍《人民日报》外，还介绍《光明日报》《解放军报》《工人日报》《大公报》《中国青年报》。20 世纪 60 年代，增加了《北京日报》《体育报》《健康报》等。

在广播事业发展的进程中，地方台和中央台保持了紧密的联系。从 1953 年起，地方台就开始了向中央台提供新闻稿件的工作。即使在中央台于 1965 年陆续建立地方记者站以后，地方台的供稿工作仍在继续。

此外，地方报纸是中央台新闻节目特别是《全国联播》节目的重要稿件来源。

尤其在进入 20 世纪 60 年代以后，中央台经常地编发地方报纸的新闻。

同时，中央台还同听众保持着紧密的联系，其中有不少积极听众经常热情地给中央台写信、写稿。

根据广播宣传的三项任务，中央台密切结合形势，并根据我国幅员辽阔、人口众多、人民科学文化水平不高，是统一的多民族国家这一基本国情，采取了采编和安排新闻性节目、文艺性节目和知识性节目这一措施。

这样一来，不仅丰富了中央台节目内容，而且使中央人民广播电台真正起到了国家广播电台应有的作用。

三、 创建节目

● 1955 年 6 月 30 日，中央台邀请回家建设委员会主任薄一波，在电台发表了广播讲话。

● 周恩来指示："广播要面向农村，中央台要办供农村转播的节目。"

● 周恩来说："不能只考虑精简几十个人，要考虑党和国家的需要。"

重视关于经济建设的报道

1955 年 6 月 30 日，中央台邀请国家建设委员会主任薄一波，在电台发表了广播讲话。

薄一波广播讲话的题目是：反对铺张浪费现象，保证基本建设工程又好又省又快地完成。

这个讲话稿成为当时开展全面节约运动的重要文件之一。

在反浪费运动中，中央台的经济报道起了很好的宣传、组织和促进作用。

经济报道的基本任务是：宣传党和国家经济建设的方针、政策，各条战线的建设成就，介绍先进集体、先进人物的先进经验，传播经济信息，促进生产力的发展。

经济报道是中央台新闻广播的主要内容之一。早在新中国成立的前夕，即 1949 年 2 月 5 日至 13 日，在北平举行的中国共产党第七届中央委员会第二次全体会议通过的决议，就明确规定了电台的工作，要围绕生产建设这一中心工作，并为这个中心工作服务。

中央台为了密切配合国家各个时期的经济建设，规定经济报道的主要任务是：

一、宣传国家社会主义工业化和对资本主

义工商业改造的成就，阐明党和人民政府的有关政策。

二、深入宣传党和政府对于工业生产、基本建设、交通运输和工人运动各方面提出的中心任务，对人民进行有关工业化的教育，动员广大职工努力完成和超额完成国家计划。

三、宣传职工中的先进人物的模范行为和高尚思想。

四、向工人群众进行社会主义和爱国主义教育。

根据上述任务，为了迎接大规模的经济建设，从1953年起，中央台加大了经济报道的比重，并派出郑佳、康荫、高尔公、陈襄、王辉、邵长兴、邵燕祥等人，组成记者组，到鞍山钢铁公司等处进行采访，着重报道鞍钢的重点建设工程等。

记者组成员经过深入采访后，写出了不少好的通讯。比如，高尔公撰写的《跑在时间前面的人——王崇伦》、陈襄撰写的《孟泰仓库》等通讯，都给人们留下了深刻的印象。

随着党和国家在不同历史阶段提出不同的经济建设方针、政策和任务，中央台的经济报道也跟着做了相应的调整，节目设置也相应变更。

中央台先后办有《经济生活》《工业节目》《祖国建

设和人民生活》《对工人广播》《工商节目》《大众经济》《信息服务》等栏目。

这几个经济栏目，都是报道和阐述党和国家的经济建设的方针政策、建设成就、先进人物、先进经验、经济动态等。

1952年1月10日，中央台举办的《经济生活》节目，每星期播出6次，每次30分钟，播出时间在19时至19时30分。播出的内容，包括工业、农业、财贸各个方面，形式有新闻、述评和通信等。

《经济生活》节目以一般听众为对象，有时也为特定对象的听众组织专门节目。

1952年9月3日至9日，中央台连续播出了由中央台和全国供销合作总社联合举办的《新中国合作事业介绍》特别节目。

《工业节目》针对大规模的经济建设中出现的浪费严重的情况，安排了开展全面节约运动的连续报道。

1955年10月3日，中央台为了配合不同时期的中心工作，举办了《第一个五年计划通俗讲话》节目。

1956年，中央台针对经济报道当中存在的一般化、公式化、报道面狭窄、质量不高等问题，提出了改进措施：

一、热情支持一切先进事物，报道职工群众的劳动积极性和创造性。二、扩大报道面和

选择主题、题材的领域。三、从领导角度转变
为群众角度，丰富节目内容。四、提高和丰富
表现手法，形式多样化。

1959 年 10 月 21 日，为庆祝全国工业、交通、基本
建设、财贸方面社会主义建设先进集体和先进工作者代
表大会的召开，举办了《在群英会上》的特别节目，收
到了良好的社会效果。

中央台大力宣传党和国家经济建设的方针、政策，
各条战线的建设成就，介绍先进集体、先进人物的先进
经验，传播经济信息，从而有力地促进了新中国各项经
济建设的发展。

首次转播体育比赛实况

1955 年 4 月，中央台开办了《体育节目》栏目。

体育报道的指导思想，是遵循毛泽东提出的"发展体育运动，增强人民体质"的方针。

新中国的成立，为我国体育运动的发展开辟了广阔的天地，群众性体育活动日益蓬勃开展，运动技术水平不断提高，人民群众越来越关心体育事业的发展。在这样的历史条件下，中央台注重在新闻节目中，经常报道重要的体育活动。

1951 年 5 月，在北京举行篮球、排球比赛大会。

中华全国体育总会建议中央台向全国转播比赛实况，中央台将当时在上海台工作的张之，借调北京完成转播任务。

张之对中国人民广播史上第一次体育比赛实况转播，进行了圆满解说。因此，张之成为新中国第一位体育比赛转播员兼评论员。

张之最早是上海人民广播电台的播音员，常和电影演员陈述搭档，解说篮球赛。这次现场解说，是中央人民广播电台体育实况转播的开山之作。

1952 年七八月间，波兰男女篮球队访问我国。

8 月 3 日，波兰男队在北京同我国"八一"男队进行比赛，中央台进行了实况转播，这是中央台第一次转播国际球类比赛。比赛进行得相当紧张，波兰队最后以72 比 68 胜了"八一"队。

中央台实况转播之后，北京和外地的听众反映，他们虽然没有亲眼看到比赛，但是广播好像把他们带到了赛场，希望中央台以后多进行实况转播。

1953 年到 1955 年，中央台每年转播 3 场比赛实况。

从 1956 年开始，全国性竞赛活动增加了，国际体育往来日益频繁，实况转播的场数也明显增加。

遇到重大比赛，听众反应十分强烈。

1957 年 6 月 2 日，中央台转播中国和印度尼西亚足球队，为参加世界足球锦标赛而举行的第二场预选赛，中国队以 4 比 3 得胜。

比赛之后，中央台收到 400 多封听众来信，其中有些信上有几十人签名。人民解放军某部海防战士来信说：

> 我们聚精会神地听着，屋子里静得连掉一根毫毛都能听见……在球赛进行中，我们的饺子熟了，可是大家都不吃……最后，我们胜利了，我们高兴地跳呀、喊呀，用最响亮的声音把胜利的消息传到四面八方。

北京铁道学院同学在来信中说：

> 在收音机旁围满了同学，我们的心弦绷得

简直快要断了。当打成 3 平的时候，我们焦急极了。但是，很快就传来 4 比 3，顿时饭厅里碗筷敲击声齐鸣！

随着转播场数逐渐增加，转播比赛项目也增加了。

1959 年，新中国成立 10 周年。我国举行了第一届全国运动会，外国球队来我国访问的也比较多。

在这一年，中央台转播了 23 场比赛，并且转播了第一届全运会的开幕式。通过几年的实践，从事体育广播的工作者们逐步认识到体育实况转播有这样几条规律：

第一，体育广播是党和国家对人民进行爱国主义、共产主义教育的一个重要组成部分。每场体育比赛实况转播，都要作为一项重要的政治任务来看待，这是加强实况转播的思想性，明确它的目的性和提高质量的关键。

第二，体育实况转播是一种新闻报道，必须遵守无产阶级新闻学的真实性原则，忠实于现场的情况。

第三，体育比赛是给观众看的，而体育比赛实况转播是给听众听的。体育记者要善于把比赛场上的紧张场面和观众的热烈情绪传达给听众。体育记者要学习和掌握丰富的词汇和锻炼表达的能力，提高解说的艺术性，使转播通俗易懂，生动活泼，引人入胜。

第四，体育比赛实况转播，从内容到形式要丰富多样，不断发展。当年，凡有重要体育赛事时，在街头巷尾，到处都可以听到从收音机里传出的比赛现场实况转播的声音。

首次转播乒乓球锦标赛实况

1961 年，第二十六届世界乒乓球锦标赛在北京举行。这是第一次在我国举行世界性的比赛，引起了全国体育爱好者的密切关注。

乒乓球比赛，场地比较小，战术变化不像足球和篮球那么丰富多彩，场上大多是两个或两对选手之间的争夺，解说的对象比较集中。

要把乒乓球比赛解说好，不仅要介绍双方的打法、战术和场上的比分，还应该多介绍运动员的事迹和特点，刻画他们的精神风貌。

为了报道好这次锦标赛，体育记者早在一年以前就开始了采访，并积极熟悉乒乓球运动员，看他们练球和比赛。

在这次世界锦标赛期间，中央台一共转播了男女团体和单项比赛共 9 场。由于中国运动员打得英勇顽强，最后取得了男子团体、男子单打和女子单打 3 项世界冠军。中央台非常及时地将比赛情况转播给了全国人民，极大地振奋了全国人民的战斗热情。

在徐寅生对匈牙利选手西多的比赛当中，西多打了个擦边球，裁判误判出界，徐寅生主动提出更正。

广播中结合这件事，着重介绍了徐寅生的优良体育道德作风，体现了党培育的社会主义一代新人的风貌。

男子团体决赛中，徐寅生同日本主力星野的比赛，也很有戏剧性。徐寅生先输一局，但是他泰然自若。双方打成一平以后，徐寅生打得更有章法了。当他发动猛攻的时候，星野连放带有上旋的高球，徐寅生每打一板，场上便是一阵喝彩。

解说员张之不禁数了起来：

徐寅生跳起来抽第五板，星野退到板障边回高球；徐寅生换角度扣第六板，星野跑到角上接了回来……

结果，徐寅生以 12 大板力挫星野，场上出现了扣人心弦的高潮。这段广播在听众当中印象比较深。几年之后，人们还常常谈起徐寅生的 12 大板。

体育比赛的实况转播，不仅可以推动体育运动的发展，也是对群众的政治鼓动。

在转播这届锦标赛以后，中央台收到国内外近五千封信和电报。不少听众要求电台转给乒乓球运动员贺信和礼物，北京的听众连夜把贺信和礼物送到电台。中央台把大量的听众来信、来电和礼品送到运动员的住处，办了个展览会。

一些华侨听众来信表示，我们都为有这样荣耀的祖国而感到自豪。北京著名劳动模范、第三建筑公司青年突击队队长张百发说：

> 青年突击队在听到中国队获胜的消息以后，受到很大鼓舞，第二天生产效率就提高了不少。

中央台体育节目经常报道的内容，有以下几方面：

> 一是开展体育活动对增强体质、振奋精神、建设社会主义精神文明的作用。二是各地群众坚持业余、自愿、小型、多样的原则，开展群众性体育活动的先进典型，报道体育同医疗相结合的经验和体会。三是报道国内、国际体育竞赛和我国运动员在国内外重大比赛中创造的优异成绩，为国争光的事迹。

对 4 年一次的全国运动会、全军运动会做大规模的报道。对亚洲运动会、世界大学生运动会和奥林匹克运动会等国际性综合性运动会，做重点报道。对其他国际性的单项比赛，有选择地进行报道。

中央台运用自己的传播网络优势，以最快的速度，把刚刚结束的体育比赛，甚至还在进行中的比赛情况，准确、及时地介绍给全国的听众和体育爱好者。

经过多年的努力，中央台已经逐渐成为向全国转播重大体育新闻最快的单位。听众已经把收听中央台的体育广播，作为最先获知重要体育新闻的主要渠道。

从20世纪50年代以来，中央台的体育记者经常把在首都和各地采写的重要新闻作为"刚刚收到的消息"播出去，受到听众的一致好评。

中央台体育实况转播，作为体育报道中一种很有特色的形式，不断延续和发展，它以报道迅速、现场感强和感染力强的优点，赢得了体育爱好者和广大听众的欢迎。

周恩来指示加强对农村的宣传工作

1955 年 4 月，为加强对农村的宣传力度，中央台开始举办《对农村广播》节目，取得了比较好的宣传效果。

在农业合作化时期，《对农村广播》节目突出地宣传党的农业合作化的方针、政策，提高群众的觉悟和办社的自觉性。

这个节目还办了"农业生产合作社示范章程草案""农业发展纲要专题广播"等，对"草案"和"纲要"做通俗讲解，介绍典型的做法和经验，很受听众的欢迎。

《对农村广播》节目，是以农村基层干部和 6 亿农民为对象，以教育性为主的知识性、服务性的综合节目，承担对农村各条战线和对各农业部门宣传教育的任务。

《对农村广播》节目方针是：

> 坚持四项基本原则，宣传党的各项政策，
> 发展农业，建设农村，促进两个文明建设。

《对农村广播》是中央台一个重要的、创办历史很长的节目。农业是国民经济的基础，农民占我国总人口的百分之八十，是社会主义革命和建设的主要力量之一。

根据我国的这一基本国情，中央台建台以后，把农

业宣传和对农村宣传放在了十分重要的地位。

1955年8月25日至9月3日，全国农村有线广播工作座谈会在北京举行。在这次会议上，确定了多数省份应采取"重点示范、分批发展"的方针。

20世纪50年代初我国实行农业社会主义改造开始，中央台在新闻节目和《经济生活》节目中，特别是通过一系列专题节目，对农民进行社会主义、爱国主义和集体主义思想教育。这对农业合作化运动的开展起到了一定的推动作用。

1958年，中央台开办"迎接人民公社化"专题节目，讲解公社的性质、任务、制度和办社经验。

1960年11月，中央台开办《农村有线广播站联播》节目，主要讲解国内外大事和党的重要政策等，以后改播农业新闻。

1963年11月，根据周恩来的指示，中央台举办《农业科学技术》节目，加强对农村知识青年的农业科学的宣传教育。

我国幅员广大，各地自然条件差别很大，面向全国的中央台针对要不要办《对农村广播》节目，在20世纪五六十年代，中央台曾有过两次争论。

1965年8月，周恩来对广播事业局作出重要指示，指出：

广播要面向农村，中央台要办供农村转播

的节目。

1966 年 1 月 1 日，中央台根据这个指示，恢复了《对农村广播》节目，内容包括国内外大事、政策讲解、农业科学技术知识等。

同时，还开办了以农民为对象的文艺节目《农村俱乐部》，该节目深受广大听众的欢迎。

新闻总署确定广播任务

1950 年 4 月，新闻总署把"文化娱乐"规定为广播电台的三项任务之一。

1952 年 12 月，第一次全国广播工作会议把"播送优秀的文艺作品"，作为广播电台应该负担的五项宣传任务之一。

这些方针的确定，促进了文艺广播的发展。中央台在这一时期主要抓了两项工作，一是建立和培养文艺广播队伍，二是采录优秀的文艺节目。

除设立文艺编辑、播出机构外，中央台还建立了广播文工团、广播民族乐团、广播说唱团等专业团体和业余的广播合唱团。

同时，中央台采录了一些革命歌曲、民族民间音乐、戏曲、曲艺，开办了教唱歌等节目。

其实，早在革命战争时期，人民广播电台的前身，即延安新华广播电台开始播音不久，就播放过不固定的文艺节目。

刚开始时，广播电台连一部唱机都没有，所谓的文艺节目，常常是播音员对着麦克风，唱几首革命歌曲而已。

不久，弄到了一部破旧的手摇式唱机。但是因为边区没有条件制唱片，而从国民党统治区买来的唱片内容健康的又不多，所以总是放《义勇军进行曲》等几张片子。

于是，广播电台就请鲁迅艺术学院的同志来演播《黄河大合唱》等节目。而他们的大队人马一来，常把小小的窑洞挤得水泄不通。

最初是由播音员唱歌、吹口琴，以后播送毛泽东送给延安新华广播电台的 20 多张音乐和京剧唱片。

有时，电台也请文艺团体演播歌曲和秧歌剧。

那时候的文艺节目主要是新闻和其他政治性节目的补充，这是文艺广播的雏形。

中央台建立以后，随着文艺事业的发展，本身技术设备的不断完善，文艺广播经历了从简单、浅显到比较丰富、比较深刻的发展过程，走过了曲折的道路，大致说来可分为四个阶段。

从 1949 年到 1953 年是草创阶段。

在这个时期，文艺节目的结构是很简单的。白天的文艺节目时间只放唱片，每天晚上《全国联播》节目以后，有一个半小时的文艺节目，由演员在播音室演播和播送主要由蜡片、钢丝录制的革命歌曲、民族民间音乐、新歌剧片段以及部分曲艺等节目。

新中国成立后，第一个广播剧《一万块夹板》、第一个电影录音剪辑《白衣战士》等，都是在这一时期播出的。

此外，中央台还播出苏联和东欧国家陆续送来的革命歌曲、抒情歌曲，以及苏军红旗歌舞团在中国访问演出时录制的歌曲等。

1954 年到 1965 年是发展阶段。

1954 年，中央台学习苏联的经验，同时总结了中央台建台以来的经验，进一步明确文艺广播的任务、地位和作用，开办了文艺知识节目和音乐教育节目，建立音响导演制和录音资料库等，这些都有利于文艺节目的丰富和提高。

1954 年全年录进音乐、戏曲节目达到 7300 多分钟，比上一年库存全部文艺节目多一倍以上。

1956 年、1957 年，随着"百花齐放"方针的贯彻，文艺广播有了比较大的发展，文艺节目的题材、种类、形式更为丰富，逐步形成欣赏性、知识性、教育性和服务性四种。

欣赏性节目成为文艺节目的主体，它以播送作品为主，给听众以艺术欣赏。

1958 年，中央台文艺节目的库存达到 8.9 万盘，其中包括原版、复版以及合成节目，相当于 1954 年的 100 多倍。

在 1958 年召开的第五次全国广播工作会议上，提出文艺广播中的"三三"制的原则，即：

传统的作品、现代的优秀作品、配合当前

中心任务的作品，各占三分之一。

这三个方面要密切配合，不可偏废。

中央台编委会为贯彻执行"百花齐放"的方针和"三三"制的原则，规定文艺节目的安排大体是"今二古一、中七外三"。

但是，在以后的几年中，由于形势的变化，这个原则并没有得到切实的贯彻。中央台的文艺节目强调了为政治服务，忽视了文艺节目应具备艺术性和多样化的要求。

不过，这一阶段虽然有曲折，但是中央台的文艺广播无论从播出时间，还是内容、形式、录音储存方面，都有比较大的发展。

在中央台文艺广播开创和发展的过程中，不少同志付出了心血，作出了贡献。

从 20 世纪 50 年代初期到 60 年代初期，文艺部主任柳荫，在规划文艺广播事业、筹建文艺表演团体、制定文艺广播方针、培养专业干部等方面，都有突出的建树，是中央电台文艺广播的得力领导者和组织者。

著名相声演员马季在相声艺术中的成功，就曾得益于两位好领导。一位是原中国曲艺家协会主席陶钝，另一位就是原中央人民广播电台文艺部主任、艺术团团长柳荫。

马季爱好体育运动，篮球、足球、乒乓球，样样都行。而且在 1961 年的时候，在广播局的马季还是足球队的守门员。

每天早晨六七时，马季就和几位朝鲜族的队友们一起，在粉楼食堂的小院里踢球。煤灰和汗水，彼此交融，显现在脸上。

柳荫每天早晨上班经过这里，就能看见马季这个汗流浃背的样子，他心里很不高兴，但是又苦于找不出合适的理由劝诫马季。

有一天，著名作家老舍先生，在《人民日报》上发表文章，其中就写道：

> 马季年轻，技艺还未臻成熟。但是爱好相声的广大群众都对他期望甚高。我想，以他的才力，若能不断提高思想与文化，他的成就是未可限量的。

这篇文章被柳荫读到了。于是，教育马季的机会就来了！

那天，一上班，柳荫就召集团里开会。柳荫拿着报纸问："马季来了吗？来啦？老舍先生的这篇文章，你看了吗？没有？那你念念吧！"

于是，马季就开始念老舍先生写的这篇文章。

马季念完之后，柳荫就开始说："老舍先生，团里，还有广大群众，都对你寄予厚望。可你，天天离不开足球。这么剧烈的运动，万一手脚受伤，怎么办？年轻人爱玩，我并不阻止，可得有点儿节制吧！你越是有希望，我就越要求严格。'一天之计在于晨'啊！前辈们挖掘传统相声，搞出来的'四大本'，你应当背下来嘛！我绝不怕你现在骂我，我怕的是你将来骂我！"

碰到这样爱才的领导，真是马季的福分。

当时，马季是口服心服，于是便如饥似渴地开始背"四大本"。这为马季以后的相声创作，提供了丰富的营养。甚至，在他大部分的相声作品中，都能看到传统的痕迹。

后来，当马季在当代相声史上取得"未可限量"的成就之后，回忆起这段往事时，马季对老领导柳荫充满了感激之情。

正是在老一辈文艺广播工作者的关心和鼓舞下，才有了中央人民广播电台文艺广播节目的繁荣和发展。

确定音乐广播的方针

1955 年，中央台规定音乐广播的方针是：

为工农兵及其干部服务，中西形式并存，发扬民族传统。

音乐广播的任务是：

对人民进行社会主义及爱国主义的思想教育，满足人民欣赏音乐的要求，提高人民的音乐水平。

这个方针、任务尽管表述得不够完善、确切，但它提出的基本精神是正确的，使音乐广播得到了很好的发展。

音乐在文艺广播节目中所占的比重最大，占有重要的地位。

在中央台的第一、二套文艺节目中，音乐节目则占了43%，如果加上第三套节目，则占 55.8%。新闻性、教育性、服务性节目中所穿插播放的音乐，还不计算在内。

在此之前，外国音乐的比重偏高，不符合中国的实际。当"中西形式并存，发扬民族传统"的方针确定以后，民族、民间音乐获得了应有的地位，中央台先后举办音乐教育性节目《中国民歌讲座》《民族器乐讲座》《少数民族乐器介绍》等。在宣传、介绍民族文化和民间音乐方面起了很好的作用。

从 1955 年 7 月开始，中央台举办介绍、推荐优秀歌曲作品的《每周一歌》节目，设置在《全国联播》节目之前。《每周一歌》节目向听众推广了一大批好歌曲，社会影响不断扩大。

这一时期的外国音乐取材也比以前广泛，除苏联、东欧国家以外，亚非拉国家和西欧、美国现代和古典作品，中央台都有选择性地广播。

中央台学习苏联经验，并且结合我国的经验，创造出众多的音乐节目形式，如歌剧、舞剧剪辑和选场或选曲，还有乐曲解说、音乐家介绍、乐种介绍、音乐漫谈等。

到 1957 年初，中国音乐和外国音乐的播出比例几乎相等。

1956 年 8 月，在北京召开的第一次全国音乐广播工作会议上，对专题音乐节目、少数民族音乐节目、外国音乐节目等专题，进行了讨论和总结，由此推动了音乐广播的发展。

在革命歌曲创作上，获得卓越成就的已故人民音乐家向隅，在20世纪50年代中后期，曾担任中央台音乐部主任。向隅在发展民族音乐广播、音乐教育广播、音乐广播节目形式等方面，都作出了很大贡献。

为满足听众欣赏轻松、优美音乐的要求，中央台在1958年开办《中国轻音乐》专栏，和以前开办的《外国轻音乐》专栏交叉播出。大量健康的、优美的曲目的播送，受到了广大听众的欢迎。

为了更好地发展中央人民广播电台的音乐广播节目，许多电台的工作人员都为此付出了艰辛的努力，倾洒着对音乐广播事业的热爱与赤诚。

广播说唱团宣布成立

1953 年，中央台为培养曲艺创作人员、曲艺广播演员和导演，成立了广播说唱团。

建团的总任务要求是：

> 严肃认真地向民族的、优秀的、丰富的曲艺遗产学习，通过演播的方式，供给广播和灌制唱片需要的说唱节目。

广播说唱团的建立，提高了曲艺在全国文艺界的地位。这个为广播服务的曲艺表演团体，延聘了全国各地一批曲艺演员，其中有著名的京韵大鼓演员白凤鸣、孙书房，山东琴书演员李金山，河南坠子演员赵玉凤等。

创造和运用特有的广播形式，以适应戏曲艺术的特点，取得比较好的戏曲广播的效果。多年来，中央台的戏曲编辑创造了大量的新鲜活泼的节目形式，如《戏曲选段》《戏曲晚会》《戏曲录音剪辑》等欣赏性节目，《听众信箱》《戏曲之友》等综合节目。

我国的曲艺曲种丰富，门类繁多，全国共有曲种 300多个，其中绝大多数是从农村产生、发展起来的。

农民既是曲艺的欣赏者，又是曲艺的哺育者和创造者。

以说和唱作为主要艺术手段的曲艺，是诉诸人们听觉的艺术，很适合于广播。

中央台多年来的听众来信表明，曲艺节目的主要听众是农民和城市居民，他们最欢迎的是评书、相声和有说有唱的节目。

中央台的曲艺广播诞生比较早，从 1949 年 9 月 1 日起，就和"中华全国曲艺改进筹备会"联合举办了专栏文艺节目《广播曲艺》，每天用 30 分钟的时间，播送一次新曲艺节目。

1950 年第一季度，每天播出两次文艺节目，其中第一次是曲艺节目。全季度播出的节目中，有魏喜奎演唱的奉调大鼓《魏炳义回家》，顾荣甫、尹福来演唱的牌子戏《大生产》，关学增演唱的北京琴书《好夫妻》，李兴海演唱的乐亭大鼓《未婚妻劝夫参军》等四十几段。

人民艺术家、北京市文联主席老舍，创作太平歌词《过新年》、北京琴书《生产就业》、西河大鼓《捉妖拿邪》等曲目，也在这期间播出。

1953 年新年，中央台第一次播出新相声《新历书》。

1954 年，中央台第一次播出整理过的传统相声。

1955 年，侯宝林、郭启儒参加广播说唱团以后，不断举行"新作试演会"，并且进行实况录音。从此，相声节目开始大量播出。

从 1954 年 5 月 5 日开始，中央台在第二套节目中，播送连阔如说的长篇评书《三国演义》。这是中央台第一次播出长篇评书，为以后播送新评书，打下了良好的基础。

1962 年，中央台录制了新评书《赤胆忠心》《平原枪声》《林海雪原》《铁道游击队》等。

中央台的广播说唱团，成为全国一流的曲艺团体，曲艺老艺人参加以后，提高了社会地位，扩大了社会影响，为曲艺广播事业作出很大贡献。

在 1962 年，广播说唱团合并到广播文工团，即现在的中国广播电视艺术团。

多年来，广播说唱团为中央台录制了 840 段包括相声、京韵大鼓、评书等 13 个曲种的供广播用的节目，成为曲艺广播的主要来源之一。

中央台重点录制了反映现实生活的曲艺作品，同时，挖掘、整理了传统曲目。

1960 年，中央台和中央广播文工团合作编写的《传统相声目录》，列入了 310 个传统相声段子。

1961 年 4 月，由说唱团录制 100 多段，而后又由中央台派人去天津、沈阳、长春等地采录。

到 1962 年底，库存传统相声的录音达到 287 段，其中 50% 经过加工整理播出。这些传统相声录音，成为国家的珍贵资料。

1962 年，中央台办了介绍曲艺知识的一些节目，如《相声杂谈》《相声与轻音乐》等，使听众既增长了见识，又培养了欣赏曲艺艺术的兴趣和素养。

中央台的曲艺节目，经常播送的是十几个比较大的曲种或一部分有代表性的曲种，如相声、快板书、评书、山东快书、山东琴书、河南坠子、北京琴书、京韵大鼓、评弹等。

这些曲种历史悠久，传统曲目丰富，流行地区比较广。出现过一些著名演员，如相声演员常宝望、京韵大鼓演员刘宝全、河南坠子演员乔清秀、弹词演员蒋月泉等。

不少曲艺演员推陈出新，很有成绩，如：相声演员侯宝林、山东快书演员高元钧、快板书演员李润杰、北京琴书演员关学增、评书演员袁阔成、京韵大鼓演员骆玉笙等。他们的代表作脍炙人口，在听众中产生了很大影响。

开办少年儿童广播节目

1951 年 5 月 1 日，中央台开办对少年儿童广播节目，这个节目像一条温馨的纽带，联结起亿万儿童和他们的家庭，与几代儿童结成了好朋友。

儿童是祖国的未来和希望，是共产主义事业的接班人。把党和国家的教诲和期望传达给他们，并且使他们受到更多的德育、智育、体育、美育的熏陶，是人民广播电台的重要使命之一。

1955 年，中央台把综合性少儿节目，改为几个专栏节目，开办了《星星火炬》节目和 5 种少儿广播杂志。

《星星火炬》是类似少先队报纸性质的节目，讲时事，介绍社会主义建设成就和先进人物事迹，报道少年先锋队的活动等。

作曲家李焕之为《星星火炬》创作了富有特色的开场曲。

1951 年 5 月 1 日，年届 50 岁的孙敬修，进入新成立的中央人民广播电台，成为少儿部的特约播音员，开始为全国的少年儿童讲故事。

1956 年 9 月 4 日，《小喇叭》作为中央人民广播电台的一档少儿节目，正式开播了。

早期的《小喇叭》节目，荟萃了当时中国最精英的少儿节目播音员，除了孙敬修之外，还有他的学生曹灿和"故事阿姨"康瑛等。

他们精湛的播讲艺术，吸引了千千万万的少年儿童，陪伴着几代人度过了美好的童年时光。

小朋友，小喇叭开始广播啦！答滴答，答滴答答嘀嘀——答——答——

这就是当年那段充满稚气的童音和优美的旋律。

在这个节目中，孩子们每天都能听到孙敬修爷爷绘声绘色地讲述童话故事，教孩子们学唱好多好听的儿歌和童谣。这些儿歌和童谣，让孩子们那幼小的心灵，开始懂得了正直善良、助人为乐的高尚品德。

孙敬修的语言通俗浅显、自然亲切、形象生动、爱憎分明，以鲜明的民族化、大众化色彩，潜移默化地教育了一代又一代的少年儿童。

孙敬修一生讲了上万个故事，他的故事有着独特的语言风格，细致、体贴、亲切、流畅，充满了对儿童的呵护和关爱之情。

孙敬修除了自己创作外，他还广泛借鉴古今中外民间故事中的优秀素材，按照儿童好奇的心理特点，编写了大量趣味横生的故事。

孩子们从这些故事中领略到无限乐趣同时，也明白了应该如何做一个正直、有理想、有道德的共产主义事业接班人。

孙敬修在儿童教育方面的卓越贡献，使他在国际上也享有很高的声誉。

西班牙一位记者曾在文章中称：

他是世界上受到崇拜人数最多的人。

不少国际友人把他誉为"东方的安徒生"，称他是几代"中国儿童的偶像"。

而在千千万万的孩子们的心目中，孙爷爷则是他们永远不老的"故事爷爷"。

曹灿也是在 20 世纪 50 年代涉足广播领域的。在中央人民广播电台《小喇叭》节目中，他为孩子们播讲了几百个故事，深受孩子们的欢迎。"曹灿叔叔"这个特有的称号，已被几代人所接受。

在 20 世纪 50 年代初期，在少年儿童广播的开创阶段，先后担任少年儿童广播部主任的孟启予、郑佳，以及从事编播工作的钱家楣、顾湘、李慧民、刘涵、刘朝兰、夏青等人，艰苦创业，密切联系实际，联系群众，对工作精益求精，为少儿广播的发展打下了坚实的基础。

重视对少数民族的广播宣传

1950 年 4 月，中央台先后开办了藏语、蒙古语、朝鲜语、维吾尔语、壮语等 5 个少数民族语言节目。

对少数民族广播，是中央台发挥应有作用的重要工作之一。

我国幅员辽阔，民族众多。少数民族居住的地区，占我国总面积的 60% 以上。在这片辽阔的土地上，特别是西南、西北地区，是我国尚待开发的地区，那里有勤劳、勇敢、智慧的各族人民，有丰富的地下地上资源，是我国实现现代化的有利条件。

我国革命和建设的历史经验证明，民族问题是一个关系边防巩固、祖国统一、安定团结和现代化建设的全局性问题。

在社会主义现代化建设中，需要充分注意多民族的因素，发挥各兄弟民族人民的智慧和力量。

中央台是党的喉舌，以全国各族人民为服务对象，理所当然地要开办民族语言广播。这既反映了党和政府对兄弟民族的尊重和关怀，是平等、团结、统一的多民族国家的体现，也是具有中国特色的社会主义广播的重要组成部分。

中央台作为国家电台，它所办的民族语言广播，面向同一民族聚居和散居的各主要地区，使同一民族的听众，都能在不同地区、不同省份，及时了解党和国家的重要方针、政策和国内外大事。

中央台的作用和影响，是地方电台的民族语言广播所取代不了的。

由于历史的原因，我国少数民族群众大都居住在边疆地区，许多民族聚居在山区或高寒地区，那里交通不便，消息闭塞，多数地区不能及时看到报纸和刊物，而且文化水平一般比较低。

而广播是一种不受地域和群众文化水平限制的宣传工具。中央台的广播发挥着中共中央和国务院同各族人民在政治上、思想上起着保持密切联系的桥梁作用，并且可以丰富各族人民的精神文化生活，对增强社会主义祖国的凝聚力，显示了特殊的重要性。

为了提高少数民族地区科学文化水平，加强民族间的交流与合作，使用民族语言对少数民族进行广播，是建立广播收音网不可缺少的一部分。

解放初期，在少数民族地区建立的广播电台有内蒙古二台、延边台等。

1950 年三四月间，中央人民政府新闻总署召开的全国新闻工作会议上，决定中央台增设藏语、蒙古语和朝鲜语广播节目。

1950 年 5 月 22 日，中央台开办了藏语节目。

同年的 8 月 15 日，中央台又开办了蒙古语节目。

1956 年 7 月 6 日，又开办了朝鲜语节目。同年 12 月 10 日，开办了维吾尔语节目。

1957 年 11 月 11 日，开办了壮语节目。

至此，中央台共开办了 5 种民族语言节目。

1960 年 12 月，由于缩短战线、精简机构等原因，经上级批准，这 5 种少数民族语言节目全部停办。

1962 年，周恩来听取民族工作会议汇报，得知中央台民族语言广播停办，周恩来指出：

> 不能只考虑精简几十个人，要考虑党和国家的需要。

周恩来责成国家民委和中央广播事业局，共同研究恢复中央台民族语言广播。

1964 年以后，中央广播事业局会同国家民委，几次向中央提出恢复少数民族语言广播的报告，最终获得了批准。

民族语言的播音，体现了编辑、翻译工作的成果，以本民族语言同听众见面，富有强烈的感染力和亲切感。

中央台对少数民族语言广播的播音队伍，在播音战线上还是一支年轻的队伍。他们朝气蓬勃，肯钻研。

在 20 世纪 50 年代，中央台的藏语、蒙古语、壮语节目的播音员，成为这 3 个民族历史上第一批播音员。

中央台的不少民族语言播音员，都为相应民族听众所熟悉，成为他们亲密的"空中朋友"。

由于历史的原因，许多民族语言的地区性语言差别很大，中央台选调的播音员，都注意选择操标准音的同志。

比如，蒙古语标准音为正蓝旗和巴林右旗的"正巴音"。于是，中央台就在这一地区选调播音员。

西藏地区习惯上以拉萨语作为标准语，中央台的藏语播音员除在拉萨选调以外，也有从山南、日喀则等地选调的同志。他们到北京以后，都要进行拉萨语音训练，用拉萨语播音。

民族语言广播和翻译工作密不可分。多年来，民族语言翻译工作努力创建广播新闻翻译文体，突出"说"的特点，使译文口语化、通俗化、标准化、优美化。

口语化，就是要充分运用本民族的口头语言，避免使用范围狭窄的方言和土语。通俗化，就是要多用简明易懂的短句子，不用生僻难懂的词。标准化，就是使用民族语言中公认的标准语，进行翻译。优美化，就是善于运用民族语言的各种修辞手段，使译文听起来有节奏感、韵律感。

民族语言翻译工作的这些实践成果，为提高民族语言播音工作的质量提供了重要条件。

中央台的播音工作，除了用汉语普通话和五种民族语言播音以外，在对台湾广播中还有闽南话和客家话两种方言播音。

闽南话在台湾会说能懂的人占绝大多数，他们当中很多人也懂普通话。但是，台湾本地人更喜欢听闽南话，用闽南话播音能使他们感到更加亲切。

在 1954 年，中央台对台湾开办广播，每天 4 个小时的播音时间，就有两个小时是闽南话广播。

1956 年 10 月 2 日，客家话节目开播，这是 30 分钟的综合节目。客家话节目开办初期每天广播两次，共 1 小时。

多年来，对台湾方言播音工作发挥着乡音乡情的特殊作用，受到台湾同胞的欢迎。

中央台通过对少数民族广播，使中共中央和国家的方针、政策，特别是对少数民族的政策，直接同少数民族听众见面，促进了各民族的团结，受到了各少数民族听众的欢迎，收到了比较好的社会效果。

四、 发展提高

● 郭沫若对夏青称赞地说："真是'三分文章七分读'。"

● 抗美援朝志愿军陈叙强在给潘捷、夏青的信中说："你们的声音是那么坚定、热情，充满信心和希望。"

● 西藏第一代播音员扎西卓玛说："这段经历让我感到非常自豪，这是我人生中最宝贵的财富。"

组织全国播音业务学习

1955 年 3 月，中央广播事业局在北京召开全国播音业务学习会，推动中央台播音业务的建设。

随后，中央台播音组建立以播音指导为首的业务领导班子，加强对播音员的业务培养。

播音员勤奋学习政治理论和语言文学知识，苦练基本功，深入实际，到群众中去锻炼，开展面对面的播讲活动，提高播音水平。播音员还组成各种小组，探索播音创作规律。

1955 年，教育部部长张奚若，在全国文字改革会议上，把中央人民广播电台广播员每天播送出来的语音，作为北京语音的实际例子。

张奚若认为：人们学习这种语音，训练自己的耳朵，逐渐做到能听、能念、能说，这对进行光荣伟大的社会主义建设事业将有很大的好处。

中央台的播音工作，是以为各族人民服务、为社会主义服务为宗旨，注意继承和发扬延安台的优良传统。在社会主义革命和建设的各个时期，在广播宣传中发挥了重要作用。

播音员的素质不断提高，在日常工作中，在重大宣传中，他们兢兢业业，富有进取精神，出色地完成了各项任务。

1954 年 11 月，在中南海怀仁堂举行全国人民代表大会，会上要通过我国的《宪法》，这是我们国家的第一部《宪法》。人民代表大会要求广播电台派一名播音员到会场宣读《宪法》草案。

电台考虑夏青播稿沉稳、清晰，于是就派他担任了这个任务。这是个很重要、很艰巨的任务。

夏青站在怀仁堂的主席台上，面对着全场一千多位人民代表，身后坐着很多位国家领导人。这种严肃的场面，很容易使人紧张。

但是夏青穿着整齐的中山装，站在主席台前方，稳稳重重，逐句逐段地宣读，语音铿锵有力，缓急适当。

《宪法》草案一万多字，宣读近两个小时，中间没有停顿，夏青精神抖擞地一气呵成，一字不错地念完，使会场上爆发出热烈的掌声。

人大常委会副委员长郭沫若称赞说：

真是"三分文章七分读"。

对夏青宣读《宪法》草案，郭沫若给予了很高的评价。

这是我国第一部国家《宪法》，由播音员现场宣读，这么成功地完成了任务，中央人民广播电台的全台同志都感到光荣。

在新时期，传统的播音风格正在向多样化方面发展，以适应广播宣传迅速发展和提高的需要。

新中国成立后，听众对象是广大人民群众，广播内容是巩固战争胜利的成果，号召人民参加和平建设，改善人民生活，进行社会改造，间或有维护社会安定，反映清理旧社会遗留下来的黑暗势力的斗争情况等内容。

广播内容主要是创立新社会的新风气、新生活。内容变了，播音员的腔调也逐渐发生变化。

中央台的播音工作，以汉语普通话的播音为主，此外，对台湾广播节目还有闽南话和客家话播音；对少数民族广播节目有蒙古语、藏语、维吾尔语、壮语和朝鲜语播音。

播音工作的性质和任务，是由广播宣传工作的根本性质和任务决定的，以党和政府在不同历史时期的路线、方针、政策为依据。

播音员是党的宣传员，播音工作需要具有鲜明的党性，要严格遵守宣传纪律。

在不同的历史时期，根据形势发展的要求，播音员的播音方式和方法，也有所不同。

一个熟练的播音员，能够播送不同特色的节目，而夏青就是这方面的楷模。夏青讲解、吟诵一些古代诗词，别具一格。他不像朗诵新诗那样高昂直露，也不像古人吟诗那样低回婉转，不易听懂。

夏青吟诗有时委婉清晰，充满诗情画意；有时激昂有力，有阳刚之美。诗词吟诵语速得当，内容和音韵表达得准确，听来就能体会到古代诗人的感人情怀。

夏青的播音语言规范、语音纯正、逻辑严谨、态度鲜明，感染力非常强。他的播音具有鲜明的时代特色，体现了中华民族悠久的文化内涵和国家电台应有的政治、思想和艺术品位。

在新时期，播音员的基本任务是：以适当的方式，运用有声的语言，准确、鲜明、生动地宣传党的路线、方针、政策、工作任务和工作方法，为党和政府的中心工作服务，成为党和政府联系群众的桥梁；在建设社会主义物质文明和精神文明中，对人民群众发挥教育和鼓舞作用。

发展提高

国务院指示推广普通话

1956 年，国务院发布《关于推广普通话的指示》，规定全国播音人员必须接受普通话的训练。

根据这一指示，中央台在 1956 年，对全体普通话播音员进行了正音训练。

推广普通话，宣传规范化的现代汉语，是中央台普通话播音员的一项重要任务。

同年，汉语言学家、文字改革研究者和活动家郑林曦，在《教师报》上开辟"普通话教学"专栏，协助中央人民广播电台，制作了多种推广普通话和汉语拼音的留声片。

后来，郑林曦又提出"用拼音字母推广普通话"，组织筹办了第一届全国普通话教学成绩观摩会。

此后，中央台经常派出播音员参加讨论语言问题的会议，并且同语言学界、教育界保持联系。

由于汉语是我国的主要语言，它能够很好地促进我国政治、经济、文化和国防建设的发展，便于不同地区人民的交际和沟通。

党和国家非常重视利用广播这一强有力的群众性的宣传教育工具，推广普通话。

在 20 世纪 50 年代初，丁一岚和夏青代表中央台，参加在北京召开的全国普通话标准音推广委员会会议。

当时，夏青在会上发言，谈推广普通话标准音的重要性，受到了与会者的欢迎。

大家说夏青和丁一岚的发言有理论，有实例，很有说服力。同时，还夸奖夏青的标准音讲得好。

夏青本人的基本条件很好，新闻文学理解能力较强，业务上肯钻研，不用很长时间就能播送较重要的稿件。

丁一岚还记得夏青开始做播音工作时，有一点缺欠。夏青是哈尔滨人，虽然普通话说得不错，但是有少数字音有东北音。

开始工作后，夏青注意纠正，同志们一发现，也会及时地提醒他。大约不到一年的时间，夏青就把字音纠正得很好了。

夏青在播音岗位上勤奋工作了 40 多年，他始终把党的事业和个人的命运紧紧融为一体，在工作的每一个环节上，都闪耀着党的新闻工作者庄严的责任感和使命感。

中央台在播音的工作中，遇到语言规范方面的问题，除了提请语言研究单位协助解决，还提请全国兄弟电台在群众中进行调查研究。

经过广泛调查研究之后，确定下来的读音，一般比较正确，是能够为群众所接受的，并且成为全国汉语字典、词典审定和修订注音的重要资料。

一个优秀的播音员就是要在实践中，不断地加强语言训练，提高播音、主持表达能力。

语言要规范，语音要准确，普通话要标准，这是基本功。没有这个基本功，就不可能成为优秀的播音员，也不可能成为优秀的节目主持人，甚至不可能成为非常合格的采访记者。

因此，在建国初期，中央人民广播电台就出版了《普通话读本》。

同时，国家还为推广普通话制定了工作方针，即：

大力提倡，重点推行，逐步普及。

这个工作方针，在当时起到了非常重要的促进作用。

随着社会主义建设的发展，广播在推广普通话方面的任务，变得愈发的重要和迫切。

播音员不断提高业务水平

在战争年代，延安台，即后来的陕北台的播音员在执行团结人民、打击敌人的宣传任务中，形成了爱憎分明、大气磅礴的战斗风格。这是人民广播的优良传统。

新中国成立以后，播音工作进入了一个崭新的时代。20 世纪 50 年代初，中央台从全国各大行政区调进一批优秀播音员，增加了一批新生力量。

经过老播音员的传、帮、带，发扬了延安时代的优良传统，并且学习苏联播音经验，加强了基本功训练，播音水平不断提高，逐步适应了广播宣传迅速发展的要求。

这样，在新中国成立以后的 17 年中，出现了齐越、夏青、林田、潘捷、费寄平等在听众中有影响的播音员。他们在长期实践中，形成了"爱憎分明、刚柔相济、严谨生动、亲切自然"的播音风格。

中央台收到大量的听众给播音员的来信，既是对播音工作的鼓励和支持，也是对这一播音风格的赞美，反映中央台的声音使他们引起共鸣，受到深切的感染。

在抗美援朝、保家卫国战争时期，志愿军休养员陈叙强，在给潘捷、夏青的信中说：

你们的声音是那么坚定、热情，充满信心和希望。

你们辛勤地劳动着，英勇地战斗着，传达毛泽东同志的指示，宣传中国人民的胜利，驳斥敌人的无耻宣传，揭穿敌人的阴谋诡计，不断地传播着祖国人民生产建设和支援抗美援朝、保家卫国战争的情况。就是这样，鼓舞了、教育了大步前进的人民，特别是给我们带来了无限的亲切和温暖。

在每一次播音工作中，夏青都展现着鲜明的情感、磅礴雄浑的气势和严密的逻辑思维。每次播音，都倾注着他的心血和汗水。

夏青对待每一次节目、每一篇稿件，都是精益求精。如果翻开电台所存的播出稿件档案，你就会发现，凡是夏青播过的稿件，他所做的标记是极其严整规范的。

夏青要求自己准备播出稿件时，要做到"三读"，即：

了解文章的脉络和大意；分析文章的逻辑结构；再从文章的整体去归纳。

同时还要做到"三思"，即：

把文章放到历史和现实的大背景中，想一

想它所占的位置；把文章放到所播出的节目当
中，想一想它与其他稿件，与整个节目之间有
何种关联；再把文章放到听众当中，想一想会
产生何种效果。

夏青把对每篇文章的整体把握，与精雕细刻紧密结
合，融为一体，形成自己的播音规律。

严谨庄重、稳健大度、质朴坚定、自信豪迈、顽强
乐观，这正是夏青的播音风格。

夏青把工作之外的所有时间，都用在了与播音业务
紧密相关的学习、研究、训练上。

土木建筑理工科的学习，使他具有逻辑缜密的思维
能力。古汉语、古典文学的学习，使他具有深厚的文学
功底。在新闻学校学习期间，范长江、陈翰伯、吴冷西、
梅益、温济泽等老一代新闻工作者、老领导为他打下了
扎实的新闻理论知识基础。

从事播音工作以后，夏青结合各个时期的形势和任
务，研究党的方针政策，研究宣传的方法和策略，及其
在播音中的具体体现和把握。

为了使自己的播音语言适应广播节目多样化的需要，
夏青针对自己吐字发声的弱点，向姊妹艺术行家学习，
先后向音乐学院老师学习音节发声，向单弦演员学习吐
字归音，向电影学院教师学习发音方法。

直到 20 世纪 60 年代，已经是一位成功的播音大家的

夏青，仍然针对自己发音的具体问题，向语言学家周殿福先生学习，反复听录音，勤奋地练习。

勤学苦练的汗水，化作一朵朵播音精品之花，绽放在广大听众的心田。

但是，有谁知道，夏青在承担重要播出任务的时候，同时也常常在与病痛做着顽强的斗争。

那是在1949年，夏青在香山学习时，得了急性关节炎，后来转成慢性，又是游走性的。这种病，今天这儿红，明天那儿肿，可他照常上班，每天还挺乐观，从未见他有过痛苦状。

结婚后，妻子葛兰才发现夏青的病是很严重的，平时经常犯，阴天下雨就更是严重了，每天靠消炎药顶着。因为消炎药消炎解痛来得快，医务所特批每次给100片。

夏青当时主要是上大早班，早晨起不了床、下不了地是常事，马上服两片消炎药，几分钟后能起床、穿衣，路上还一瘸一拐，慢慢走到备稿室就正常了，播音前又服两片。

从收音机传出那庄重有力的声音时，谁会想到起床时的那段"序曲"呢？消炎药服用了40年，话筒前坚持了40年。工作的责任感和坚强的事业心，是夏青毅力的源泉。

逢年过节，一封封从祖国各地、各条战线的来信，表达了听众的深情厚谊和对播音工作的关切和理解。

夏青在播音岗位上取得了巨大的成就，他在中央电台乃至全国听众中间、同行中间，都有崇高的声望。

但是，夏青对自己总是严格要求，把自己取得的成就看成是中央台的成就，集体的成就，从不自满。人们在他的言行举止中，绝看不出任何"名人架子"。

夏青虚怀若谷，对改进工作有一番真情，因而同志们也敢于给他提意见，包括年轻同志、编辑记者乃至录音员。

有时意见相当尖锐，夏青都能听进去，并在工作中加以改进。

夏青严守工作纪律，在播音部是出了名的。播音部班次是多变的，几十年来，夏青从未因自己的疏忽而耽误工作。

每次在重大宣传任务之前，排班人往往告诉他上"机动班"，对夏青来说，"机动，机动，就是随机而动"。他或是在家休息、学习，或是到办公室看有关资料，做好各种准备，一个电话，马上到岗。

夏青的关节炎病已伴随他几十年了，一遇天气变化，关节红肿，疼痛难忍。但是，无论刮风下雪，天气多么恶劣，走路多么不方便，他都用坚强的毅力，克服病痛，坚持按时到岗，从未影响播音工作。

在平时，一些热情听众也会随时把自己的感受写信告诉播音员。

河南听众张士周来信说：

优秀的播音员，吐字清晰，声调自然，语言朴实，真切感人。他播送的文章往往能把听众引入文章的字里行间，使听众如临其境，如闻其声，耐人寻味，感人肺腑。

湖北省鄂城听众熊学平来信说：

一个语言有造诣的播音员，是占有听众的。无疑，中央人民广播电台荟萃着语言家，有的已为广大听众所熟悉。好播音员那种准确、自然、优美的语言，那种富有气韵和节奏感的朗诵，是听众乐于欣赏和学习的。

当播音质量不高的时候，听众也会来信，给予热诚的批评和帮助。

正是听众的热切参与和关注，再加上播音员们在工作中的勤奋磨砺，才使中央人民广播电台通过电波，散发出璀璨的光彩。

积极开展与兄弟台的合作

从 20 世纪 50 年代开始，中央台还应邀派播音员去一些省、市电台工作。

林如去鞍山台，男播音员文裕庚去西藏台，男播音员张力与王清会去福建前线台工作。

"拉萨人民广播电台现在开始播音。"文裕庚作为西藏电台第一位汉语播音员，是用汉语呼台号的第一人。他的心里自然充满了自信和骄傲。

文裕庚说，1959 年元月 1 号，西藏电台正式开播，他和藏语播音员仁曲，对着话筒，用藏汉语激动地呼出"拉萨人民广播电台现在开始播音"。这一声，宣告了在中国共产党领导下的西藏人民广播电台，在高原诞生了。这庄严与神圣之感使文裕庚终生难忘，也使他获得了终身的荣耀。

西藏人民广播电台第一代藏语播音员扎西卓玛，深有感触地说："由于身体原因，现在我不在西藏，但我的心从未离开过那里。"

1960 年，扎西卓玛 16 岁。在这年夏天的一天，扎西卓玛正在拉萨中学排练节目。

这时，校长进来了，告诉扎西卓玛，这两天西藏人民广播电台来到拉萨中学招藏语播音员，一直没有发现合适的人选，校长就特别推荐了活泼聪慧的扎西卓玛，让她去试一试。

电台的同志直接把扎西卓玛带到了西藏人民广播电台的播音室，递给她一张藏文报纸要她播送。

扎西卓玛鼓起勇气，在话筒前坐下来，挺起胸，以平常在学校朗诵的扎实功底，开始大声播报。那是她第一次直播藏语新闻，从没有播音经验的她，竟没有读错一个字和词。

播音室里一时安静极了，西藏人民广播电台的广播中，响起扎西卓玛清脆响亮的声音。

当扎西卓玛播送完出来时，等在门口的广播电台的许多同志，为她热烈鼓掌，电台领导激动地握住扎西卓玛的手说："姑娘，太好了，请你留下来参加工作吧。"

从此，扎西卓玛从一位中学生，成长为光荣的西藏第一代藏语播音员。

扎西卓玛说，"这段经历让我感到非常自豪，这是我人生中最宝贵的财富。"

说到这里，扎西卓玛清了清嗓子，用藏语呼出了"西藏人民广播电台"的台号，仿佛自己又回到了当年。

1959年1月1日，西藏人民广播电台正式开播，这标志着中国共产党领导下的人民广播在西藏诞生了；标志着我们能够用自己的电波，把党的声音传遍雪域大地；标志着百万翻身农奴有了自己的舆论阵地，终于可以发出自己的心声！

西藏广播的前身，即拉萨有线广播站的创建人吴建礼说，在20世纪50年代初，他们冒着生命危险，在八廓街和布达拉宫安装广播喇叭，办起了拉萨有线广播站，并请来当时西藏上层统战人士的子女，当拉萨有线广播站的播音员，来传达党的声音和主张。

李佳俊，是在高原工作过整整40年的西藏电台的老记者。他回忆了在西藏电台20年的采访生涯，按李佳俊的话说，骑马加步行，20年他走遍了万里高原！

在西藏广播电台初期，人员奇缺，实行的是编采合一，在家是编辑，出门是记者。从热振林卡搬迁到姑雪林卡新楼后，人员紧缺的情况得到一定缓解，才有了在每个专区设立记者站的编制。

李佳俊先后被派往拉萨、江孜、林芝、阿里等地，当驻站记者。20年间，李佳俊从羌塘草原到喜马拉雅山区，从西边的班公湖到东部的三江流域，马不停蹄地走访了万里高原，既领略到祖国名山大川的壮丽雄奇，也见证了西藏百万农奴翻身后，在最残酷的封建农奴制度遗留的废墟上，创建社会主义新生活的艰辛和辉煌的奋斗历程。

回首风风雨雨的采访生涯，昼无饭店，夜无旅社，更没有代步工具，李佳俊感慨地说："虽然吃了不少苦头，虽不能用'九死一生'来形容，也有几次与死神擦肩而过，但是至今仍无怨无悔。付出和收获并行，困苦和欢乐同在，我为我们为之付出的青春、智慧乃至生命感到欣慰和自豪。对很多人生苦乐、理想情操和生命真谛也有了深切的感悟。"

每当提起当年艰苦创业的过程，老广播们侃侃而谈。他们每个人都有自己在西藏的故事，每个故事都是生动的教材。

老播音员说，尽管当时条件很差，但生活过得很充实、很有滋味。全台上下级关系融洽，上下级之间、同事之间感情真挚，藏汉民族之间的团结亲密无间。

在20世纪60年代，中央人民广播电台的男播音员康平、龙珍、钟瑞去福建台工作，谭蒂、林光、王欢去湖北台工作。

通过到兄弟电台工作一段时期，播音员们学到了兄弟电台播音工作的好经验，进而大幅度地提高了中央台的播音水平。

进行组织机构改革

中央台从 1949 年 12 月 5 日正式成立，到 1963 年 10 月，在组织机构上，先后实行处、台合一，局、台合一，对内和对外广播合一。组织领导，也是由广播事业管理处处长、中央广播事业局局长或副局长，到兼任中央台台长或总编辑。

1949 年，广播事业管理处处长廖承志，兼任中央台台长，李强副处长兼任中央台副台长。

成立中央广播事业局以后，局长李强兼总工程师，副局长梅益兼中央台总编辑，温济泽任第一副总编辑。

1959 年 3 月 19 日，中央广播事业局党组扩大会议，通过《广播事业局党组关于调整机构的草案》，对组织机构进行了一次比较大的调整。

涉及宣传工作方面的变动是：

建立单一的领导机构，广播事业局党组和中央人民广播电台的编委会合一，其主要任务为领导对内广播、对外广播和电视广播的业务以及促进全国广播事业建设的发展。

党组、编委会合一以后的成员是：书记是梅益；委员是金照、周新武、李伍、顾文华、左漠野、胡若木、左荧、向隅、董林。

关于对内广播部门业务工作，规定为：

> 对内广播部门设有若干专业机构，了解有关专业的情况，研究政策，组织报道，以供对内对外广播的需要，同时，统一指挥全国的集体记者，派驻地方的记者和国内的以及首都的政治性采访。

编委会委员顾文华、胡若木分工领导对内广播部。

1959年机构调整规模比较大。从宣传部门的对内、对外广播、电视三大机构的设置来看，已经奠定了后来三个台的格局。

1963年，广播事业局改革领导体制，整顿组织机构，新的领导体制从1963年11月开始实施。

共设对内广播部，对外称"中央人民广播电台"；对外广播部，对外称"北京广播电台"；北京电视台。

至此，对内、对外广播和电视，从宣传业务到组织机构，各自独立。

经过这次改革领导体制和整顿组织机构，对内广播部组织机构上大的变化是：建立部务会议，设政治协理员兼对内广播部副主任。

五、 走向世界

● 周恩来说："……他们播出些什么内容，必须事先得到中方同意。不能由对方单方面确定。这是一个涉及国家主权的问题。"

● 周恩来批示：新广播台的种类、地址、基建计划、技术条件和需要的人员是否适合……请作专题研究。

● 周恩来批示：广播电台挑选播音员不受任何单位圈选限制。

周恩来关心国际广播问题

1954 年 8 月 21 日，中苏双方签订"中苏广播合作协定"。该协定签订前，周恩来对我代表团讲：

我国广播电台与莫斯科广播电台交换节目是可以的，但是他们播出些什么内容，必须事先得到中方同意。不能由对方单方面确定。

这是一个涉及国家主权的问题。

在这一指导思想下，开始了中苏广播的节目交换播出。这一指导思想，也成为以后中国电台同其他电台合作的根本原则。

1949 年新中国成立之后，毛泽东和周恩来就十分关心对外广播事业的发展。

周恩来一直十分重视国际广播事业的发展。在制订第一个五年计划时，明确规定了"先中央台，后地方台，先对国外广播，后对国内广播"的建设方针，并开始建设大功率发射台，以适应国内国际形势发展的需要。

1954 年 12 月 31 日，周恩来在广播事业局呈报的"关于对国际广播发射情况和发展计划"报告上批示：

新广播台的种类、地址、基建计划、技术条件和需要的人员是否适合第一个五年计划的要求和国际外交政策，请作专题研究。

1956 年 2 月，周恩来批准在昆明兴建 1000 千瓦对外中波发射台，这是当时世界上功率最大的发射台，这个发射台由中国工程技术人员自行设计安装，很多设备也是选用国产的，于 1959 年新中国成立十周年前夕投入使用。

在周恩来的亲自关怀下，中国一批大功率发射台站相继建立。

有关对外广播的语言设置、宣传方针等，都是经过周恩来亲自过问和批准的。

1949 年 3 月 25 日，在陕北新华广播电台随党中央和人民解放军总部迁至北平后，党中央就制定了"首先要解决对我国周边国家和海外侨胞的广播问题"，在相继开办英语、日语广播的同时，汉语广州话、潮州话、厦门话也开始广播。

1950 年，中央台增加了越南语、缅甸语、泰国语、印度尼西亚语广播，以及汉语客家话广播。之后，又增加汉语普通话广播。

1956 年，西班牙语、柬埔寨语、老挝语广播也相继开播。语种达到 14 种。

周恩来十分重视对外广播事业的发展，特别是不断增加对外宣传的语种。

1956 年 9 月 15 日，中共"八大"在北京召开。在会议期间，周恩来在会见叙利亚共产党总书记巴格达希时，谈到中国要开办阿拉伯语对外广播，并请巴格达希总书记派几位阿拉伯语专家来中国电台工作，帮助开办阿拉伯语广播。

1963 年 9 月 10 日，周恩来亲自在中国国际广播电台呈报的开办捷克斯洛伐克语、匈牙利语、波兰语和罗马尼亚语广播的报告上批示：

　　拟同意，即送邓、彭、定一……核阅后请一波负责办理。

1968 年 10 月，周恩来指示"由电台开办阿尔巴尼亚语广播"。

1969 年 6 月 3 日，周恩来在广播事业局送审的开办阿尔巴尼亚语节目的报告上批示：

　　现阿方两专家已到，并上班，对阿广播可按新方案（每天 30 分钟）从 6 月 6 日起开播。

在周恩来的亲自关怀和具体指示下，中国国际广播电台迅速而及时地开办了对亚、非、拉、欧、美的 38 种外国语广播，形成了一定的规模。

20 世纪 60 年代初，英国广播公司在发表的年度报告中说，中国对外广播已取代英国广播公司的地位，而成为世界第三个最大的对外广播电台，仅次于苏美。

英国《每日电讯报》惊呼：

> 在争取世界各国听众的广播战中，中国把英国打败了。仅在四年前，共产党中国的对外广播还处在一个不太重要的地位，而现在已超过了英国广播公司并和《美国之音》对抗。

英国《泰晤士报》认为：

> 在远东广播方面，中国占据了整个舞台。

法新社报道说：

> 不论在白天或者黑夜，只要扭开收音机，转到正确波长，就可以收听到北京电台的广播。中国播音员使用着国际上通用的每一种语言，他们的声音传到了地球上遥远的角落。

为解决外语广播的人才问题，除在外国专家方面，周恩来亲自过问外，他还在培养自己人才上，作出了许多重要指示。

1964 年，中央广播事业局向高教部提出在外语学院毕业生中挑选播音员的报告。

经研究，有关院校同意在当年毕业生统一分配前挑选播音员，但规定需要在国务院外办、中联部、中调部、外交部、国际联络部等单位圈选之后进行。

后经高教部请示周恩来，周恩来批示：

广播电台挑选播音员不受任何单位圈选限制。

这一批示，保证了国际广播电台人才的汇集和对外广播水平的提高，为中国国际广播事业的大发展奠定了坚实的基础。

由于周恩来的重视、关怀和培养，一批批优秀的外语人才茁壮成长起来，挑起了国际广播的大梁，把国际广播事业推向一个新的发展阶段。

与国外电台交流合作

1954 年 9 月 24 日，中央人民广播电台首次播送"莫斯科广播电台对中国听众广播的华语节目"。这个节目在每星期三和星期五，在中央人民广播电台第一套节目中播送。

9 月 24 日，首次播送的广播节目的内容，主要有三部分：第一部分是苏联各地消息；第二部分是莫斯科近郊格鲁霍沃棉织联合厂纺纱女工纳古里什娜的讲话，祝贺我国成立五周年；第三部分是介绍将来我国巡回表演的苏联国立民间舞蹈团和该舞蹈团演奏的精彩的音乐节目录音的片段。

9 月份，"莫斯科广播电台对中国听众广播的华语节目"每次播送时间是：7 时 45 分到 8 时 15 分。

从 10 月 3 日起，播送时间改在 19 时到 19 时 30 分。播送的内容主要是介绍苏联生活中的重大事件和重大的国际事件。

这是为进一步加强中苏友好关系和文化交流而设置的节目，双方都为此付出了心血和努力。

中央人民广播电台的许多年轻人来到莫斯科，协助苏联开办对华广播，就像他们的苏联同事到北京开办俄语广播一样。

虽然远离家乡，但在莫斯科的工作、生活中，中国人民广播电台的播音员们，与外国同行结下了深厚的情谊。

林如原是中央人民广播电台播音员，在 1954 年至 1958 年期间，她在莫斯科广播电台华语部工作。在这里，林如度过了难忘的四年时光。

柳芭，原来在莫斯科广播电台工作，和林如共事多年，当年两个人情同姐妹。

退休后，柳芭还在教授中文。半个世纪前的一份情谊经历了重重的考验，虽然青春岁月已经逝去，但两个人心中的感情却历久弥深。

其实，早在 1949 年 2 月，中央台就派出播音员马淑云、崔玉陵，到苏联莫斯科电台播送华语节目。

这是中央台根据与苏联电台的有关协定，派播音员出国，在外国电台播送华语节目或参加中国话的教学讲座，并多次派播音员支援兄弟台。

20 世纪 60 年代初，中央台陆续轮换派出莫斯科的播音员有：

阎小云、刘涵、费寄平、庞啸（男）、姚供、林如、刘希勤、毕德颐、王仲宜、肖雨芹、曹玉提、宋真、曹石安（男）、陆茜，共 14 人。

从 1956 年至 1957 年，孟启予在苏联担任莫斯科广播电台华语广播部编辑。

1957年，孟启予回国。这年年底，孟启予作为中国电视代表团团员赴苏联、民主德国学习电视广播筹备工作，任电视广播筹备处副主任。

早在1945年10月，孟启予就开始从事新闻广播工作，先后任延安新华广播电台播音员、播音科长。

1950年，孟启予参加中共宣传工作代表团，赴苏联学习、考察新闻宣传工作。孟启予和许多广播战线上的同仁们，为中国人民广播电台的事业，作出了自己的贡献。

在1955年下半年，中央台播音部为莫斯科电台培养翻译和播音员各一人，他们都是莫斯科电台华语部的工作人员。

1955年，中央台播音员马尔方、章虹、张殿棋去《越南之声》电台华语部参加播音工作。1957年，由吴俊德、包吉珠接替。他们除播音外，还参加一些编辑工作。1959年3月回国。

中央台和外国电台的合作，加深了对对方国家的了解和认识，促进了彼此间在各个领域的交流与沟通，有利于国际间的友谊长久地存在下去。

积极开展国际交流合作

1951 年 4 月 3 日，在波兰首都华沙，中国和波兰签订中波文化合作协定。在协定中的第二条辛项规定：两国交换广播节目的录音带。

同年 7 月 12 日，在北京签订的中国、匈牙利文化合作协定第二条辛项规定：

促进缔约国双方广播电台在文艺节目上的合作并交换广播特别节目的录音带。

10 月 9 日，在北京签订的中国、民主德国文化合作协定第三条丁项规定：双方交换有关广播的工作经验。

12 月 12 日，签订的中国、罗马尼亚文化合作协定第二条辛项规定：促进缔约国双方广播电台在文艺节目上的合作并交换广播特别节目的录音带。

以后签订的中国和捷克斯洛伐克、保加利亚等国家的文化合作协定都有类似的条款。

早在 20 世纪 50 年代初期，我国参加了主要以苏联、东欧人民民主国家为主组成的国际广播组织，并参加了这个组织的一些活动，翻译出版了它的定期公报。

听众从收音机里经常听到中央台体育记者，从国外发回的国际体育比赛的消息和实况广播，以及记者发回的我国领导人在国外访问的消息、现场报道和述评，这些都需要各国广播机构的协助和合作。

外国国家元首、政府首脑访问我国的时候，随行的广播记者的采访活动和向他们国内传送节目，也得到中央台的协助。

中央台的音乐节目，特别是调频立体声广播的外国音乐，不少是根据文化或广播协定，由外国电台寄送的。

中央台按照协定，向外国电台寄送中国音乐节目。

20 世纪 50 年代初期，我国同外国签订的义化合作协定中，都有交换广播节目的条款。

随着我国电台和外国电台之间交往日益开展，文化协定的简单条款已不能适应要求，这就需要签订单独的广播合作协定，使国家之间在广播领域的合作法制化、正规化，相互之间业务合作内容更加广泛、全面和深入。

1953 年 5 月 7 日，在捷克斯洛伐克首都布拉格，我国同外国签订第一个广播合作协定，即《中国广播事业局与捷克斯洛伐克共和国广播委员会广播合作协定》。

代表中国方面签字的是中央广播事业局局长梅益。代表捷克斯洛伐克共和国方面签字的，是该国广播委员会主席柯别茨基。

"协定"规定：

双方每三个月交换由管弦乐队演奏的古典

音乐、民间音乐的录音带；歌唱团及歌唱家合唱及独唱的录音带；歌剧、歌曲及其他音乐作品的唱片；音乐材料及乐谱，以及专为广播撰写的文学与戏剧材料。

双方每三个月交换报道及评述两国经济、文化建设以及保卫世界和平运动的重要的广播资料。

双方应为对方国庆节组织特别广播节目以示庆祝。特别节目应包括文艺节目、群众团体领袖及英雄、模范等互致祝贺之演讲录声带。此项材料应由对方在其国庆前一个月送达。

1953 年 10 月，在我国召开的国际广播组织第二十四次理事会和技术委员会第九次会议以后，我国同匈牙利、波兰、罗马尼亚、保加利亚签订了广播合作协定。

1954 年，同民主德国、苏联签订了广播合作协定。1955 年，同阿尔巴尼亚、蒙古，1956 年同朝鲜，1958 年同越南……签订了广播合作协定。

从 1953 年签订的第一个广播合作协定起，到 1966 年的十多年间，我国先后同 18 个国家的广播机构签订了广播合作协定，从而使我国电台和外国电台的合作，有了比较大的发展。

"协定"条款主要是交换广播节目，在对方国庆日或其他重要节日举办特别节目，并派代表团互相访问等。

其中，节目交换的条款规定最为详细和具体，形式也多种多样。比如同苏联的协定规定，每星期互相寄送 8 次节目。1961 年修改重签的"协定"规定，双方每月互寄 12 至 13 次节目。

在 20 世纪 50 年代，中苏电台之间举行北京和莫斯科"呼应"广播节目。

第一个这样的节目是在 1956 年 12 月 14 日播送的，当时为庆祝《中苏友好同盟互助条约》签订六周年，中苏共同举办了"莫斯科——北京"呼应广播节目。中央台和莫斯科广播电台同时播出。

在这个节目中，播出了中共中央政治局委员、北京市委书记、市长彭真和苏共中央委员、莫斯科市委书记福尔采娃的广播讲话。

同一年，莫斯科电台还举办了"列宁格勒向上海致敬"节目，以及中国电台组织的答礼节目。

1954 年 9 月 24 日，中央台开始播送《莫斯科广播电台对中国听众广播的华语节目》，这是莫斯科电台，按照中苏广播协定，把录制好的节目胶带，寄到北京播送的。

随着从外国电台寄来的节目日益增多，丰富了节目来源。

从 1956 年 2 月 20 日起，中央台定期举办《国外新寄来的音乐》节目。

同时，中央台同其他社会主义国家电台的节目交换工作，和互相播出对方广播节目的工作，也在顺利地发展。

从 1959 年 9 月起，根据中朝两国广播机构的协议，中央台和平壤电台定期互办广播节目。

中央台在每月的第一和第三个星期二，播送平壤电台为中国听众举办的广播节目。中央台为朝鲜听众编排的第一次广播节目，5 月 21 日由平壤电台播出。

20 世纪 50 年代，中央台同外国电台，特别是苏联和其他社会主义国家的电台交换广播节目、办"呼应"节目，或者播送对方寄来的节目，比较频繁和活跃。

仅 1956 年，中央台收到了 15 个国家 29 个广播机构寄来的音乐录音带约 130 个小时、录音报道和讲话录音 194 个、广播稿 236 篇。

同时，中央台给 32 个国家的 48 个广播机构，寄送了音乐录音带约 120 个小时、录音报道和讲话录音 136 个、广播稿 268 篇。

多年来，中央台同多个国家的广播电台进行的友好交往、业务交流和节目交换，有力地推动了中央台的发展。

配合外交工作举办丰富多彩节目

1954 年 10 月 27 日，印度总理贾瓦哈拉尔·尼赫鲁，应邀在中央台发表广播讲话。这是外国政府首脑第一次在我国电台发表演说。

同年的 12 月 26 日，缅甸总理吴努，应邀在中央台发表广播演说。

配合外交活动，举办特别节目，是中央台从 20 世纪 50 年代以来最常用的做法。

1955 年到 1959 年，应邀在中央台发表广播演说的外国党政领导人先后有：印度尼西亚共和国总理阿里·沙斯特罗阿米佐约、越南民主共和国主席胡志明、民主德国总理奥托·格罗提渥、柬埔寨王国首相诺罗敦·西哈努克亲王……

从 1960 年以后，这种做法就逐渐减少了。

1952 年 11 月 4 日到 12 月 6 日，为庆祝十月革命节和进行"中苏友好月"的宣传，中央台专门组织了《中苏友好月特别节目》，每天广播 60 分钟。内容由广播讲话、专题讲演和文艺节目三个部分组成。

1955 年 5 月 9 日到 15 日，中央台为庆祝捷克斯洛伐克解放 10 周年，举办了《捷克斯洛伐克音乐周》。同时，邀请捷克斯洛伐克外交部副部长西莫维奇、民族英雄尤利乌斯·伏契克的夫人，向我国的听众做广播讲话。

为庆祝朝鲜民主共和国解放 10 周年，中央台从 1955 年 8 月 15 日起，举办《朝鲜音乐周》。同时，在文学广播节目中，介绍了朝鲜诗人的优秀作品。

1956 年 2 月 14 日，为庆祝《中苏友好同盟互助条约》签订 6 周年，以及苏联共产党"二十大"开幕，中央台和莫斯科广播电台，联合举办特别节目。

1957 年 11 月 7 日，社会主义国家广播电台联合举办音乐节目，庆祝伟大的十月革命 40 周年。

节目内容有：各国人民为庆祝十月革命的讲话，各国音乐家、歌唱家演奏和演唱的音乐节目。

参加这次音乐会的有苏联、中国、阿尔巴尼亚、保加利亚、匈牙利、民主德国、波兰、罗马尼亚、捷克斯洛伐克等国家的广播电台。

此外，中央台还邀请来我国访问的外国文艺团体，举办广播音乐会。

1955 年 6 月 19 日，印度文化代表团应邀在中央台举行音乐会。

到 1958 年，先后应邀在中央台举办广播音乐会的外国文艺团体有：蒙古人民革命军歌舞团、南斯拉夫"科罗"民间歌舞团、越南人民歌舞团、波兰军队歌舞团、缅甸文化代表团、保加利亚艺术家、美国黑人歌唱家奥潘基等。

举办特别节目，既丰富了中央台的文艺节目，又促进了中外关系的发展。

加入国际广播组织

1951 年 12 月，我国广播组织加入国际广播组织。该组织成员是苏联、东欧社会主义国家和古巴、越南、朝鲜的广播组织。总部设在捷克斯洛伐克首都布拉格。

1952 年 3 月，我国致电该组织秘书长，通知我国已经指派中央广播事业局局长李强为正代表、副局长梅益为副代表，参加该组织。

1952 年 4 月，我国派代表参加了该组织第十一次常会，这次会议决定将中文列为该组织的法定语言之一。我国代表在会上做关于中国广播组织的目的和任务的报告。

从此，我国每年都派代表，参加该组织一年两次的理事会会议、一年一次的常会和该组织主办的一些广播节目制作的研讨会。

1957 年 2 月，国际广播组织音乐专家会议，在罗马尼亚首都布加勒斯特举行，中央台音乐部主任向隅出席此次会议。

1957 年 8 月，国际广播组织召开的"最后消息"，即新闻节目的编辑部代表会议，在莫斯科举行。中央台杨兆群、张之出席了这次会议。

1957 年 9 月，国际广播组织举办少年儿童节目编辑部代表会议，新华社驻波兰华沙记者谢文清，代表中央台出席了这次会议。

同年11月，新华社记者戈宝植，代表中央台出席该组织在阿尔巴尼亚首都地拉那举行的文学戏剧节目编辑代表会议。

1958年4月，国际广播组织亚洲会员国民间音乐广播会议在北京召开，主要目的是介绍与会各国电台在民间音乐广播方面的成就，交流经验，建立和加强民间音乐广播方面的联系和合作。参加这次会议的有12个国家的代表和观察员，共18人。

我国参加会议的代表是中央台音乐部主任向隅，以及中国民族音乐研究所副所长李元庆。在这次会议期间，中央台举办了《亚洲国家音乐会》广播节目。

1960年3月，国际广播与电视组织节目委员会，在华沙召开"以人道主义教育少年儿童国际连续节目筹备会议"，我国广播事业局金照副局长，出席了这次会议。

此外，中央广播事业局、广播电视部和中央台先后组成200多个代表团出国访问。

我国共接待来华访问了80多个国家和地区的广播代表团和广播电视代表团200多个，约3000人次。

本书主要参考资料

《国史全鉴》本书编委会编 团结出版社

《共和国五十年珍贵档案》中央档案馆编 中国档案
　　出版社

《中国现代史资料选辑》彭明主编 中国人民大学出
　　版社

《中央人民广播电台简史》中央人民广播电台简史编
　　写组编 中国广播电视出版社

《全中国都在倾听》杨波主编 中国广播电视出版社

《用生命播音的人——忆齐越》杨沙林著 中国广播
　　电视出版社

《齐越和他的播音生涯》刘淮著 中国国际广播出
　　版社